8,–

BODO STEINBERG

Das Paradies an der Bernsteinküste

Bodo Steinberg

Das Paradies an der Bernsteinküste

Geschichten aus Ostpreußen

Langen Müller

Besuchen Sie uns im Internet unter
http://www.herbig.net

Schutzumschlaggestaltung: Wolfgang Heinzel
Satz: Typographischer Betrieb W. Biering, H. Numberger
Gesetzt aus: 11,5/13,5 Punkt Sabon auf Apple Macintosh
Druck und Binden: GGP Media GmbH
Printed in Germany
ISBN 3-7844-2798-7

Für meine
alte Ostpreußin

Inhalt

Vorwort

Drei völlig voneinander unabhängige Lebensgeschichten in verschiedenen Zeitabschnitten führen in ein Land, in dem deutsches Leben nach 1945 einfach aufgehört zu haben schien.
Jahrzehntelang hinderte der »Eiserne Vorhang« hunderttausende von Vertriebenen, ihre verlorene Heimat wenigstens als Touristen wieder zu sehen. Jeder Ostpreußen-Interessierte konnte lange Zeit nur seine Erinnerungen, seine Phantasie oder seine Sehnsüchte durch die nahezu undurchdringlichen Grenzen Polens oder Russlands in jene Dörfer, Städte oder Landschaften schicken, die bis heute eine unerklärliche Faszination auf all jene ausüben, die sie einmal gesehen haben.
Nach 1990 ist Ostpreußen nun wieder um einiges leichter zu erreichen, das, teilweise umgestaltet, erneuert und restauriert, nicht viel von seinem ehemaligen Charakter, seiner Eigenart verloren hat.
Auch die »neuen Ostpreußen«, die nach dem Krieg in die entvölkerten Dörfer und Städte des alten Ordenslandes einzogen, wurden wie ihre Vorgänger von diesem einzigartigen, ungewöhnlichen Landstrich geprägt. Sie wurden Ostpreußen mit polnischem, litauischem oder russischem Pass.
Insbesondere der russische Nordteil ist nicht mehr mit jener Heimat zu vergleichen, die vor 1944 in behäbiger und gediegener Abgeschiedenheit vom Deutschen Reich entstehen konnte. Gerade dieser Land-

strich ist für die als Touristen zurückgekehrten Heimatvertriebenen, sehr »gewöhnungsbedürftig«. Königsberg existiert in seiner ursprünglichen Schönheit praktisch nur noch in wenigen Außenbezirken; zahllose Felder und Kulturlandschaften sind inzwischen verwildert, die meisten altpreußischen Dörfer und Schlösser sind heruntergekommen oder zerstört.
Aber es gibt auch Lichtblicke! Die Landschaften, die nach wie vor faszinierende Samlandküste mit ihren Bernsteingruben, manche alte, fast unverändert gebliebene Orte und zahlreiche, sympathische Menschen lassen einen optimistischen Blick in die Zukunft realistisch erscheinen.
Nikolaus Ehlert, ein aus Deutschland nach Königsberg zurückgekehrter Pensionär und Leiter des neu entstandenen »Deutsch-Russischen-Hauses«, setzt sich für ein »neues Ostpreußen« ein.
Russen, Deutsche, Litauer, Polen und einige mehr können und sollen gemeinsam das »neue Ostpreußen« schaffen, das Raum bietet für Versöhnung, Wiederaufbau und eine gemeinsame Kultur und Zukunft in einem Land, das von Blut, Angst und Kriegen genug hat. Was Polen hierbei bereits an Restaurierungsleistungen und neu hergestelltem, altem ostpreußischem Glanz geleistet hat, verdient unseren Respekt und unsere uneingeschränkte Anerkennung. Wenn Polen in einigen Jahren der EU angehören wird, können das ehemalige, unpolitische Ostpreußen und jene, die sich für dieses herrliche Land interessieren, nur davon profitieren.
Ostpreußen ist heute kein sentimentaler, unerreichbarer Traum mehr, Ostpreußen ist heute eine Landschaft, die jeder erleben kann, den das Ungewöhnliche, das Besondere reizt.

Zur Geschichte Ostpreußens

Um Ostpreußen und seine Menschen mit ihrer manchmal etwas eigenwilligen Mentalität und ihren Schicksalen besser verstehen zu können, ist ein Blick in die wechselvolle Geschichte dieses ungewöhnlichen Landstrichs hilfreich. Trotzdem wird dem Außenstehenden auch weiterhin so manches unerklärlich bleiben, was der gebürtige Ostpreuße lächelnd zur Kenntnis nimmt. Denn einiges lässt sich auch durch die Zuhilfenahme der Geschichte nicht enträtseln, es ist eben »typisch ostpreußisch« und das kann man nicht nur mit Worten erklären.
Natürlich soll im Folgenden nicht auf jeden der zahllosen Kriege, die rasch wechselnden Machthaber oder alle bedeutenden Persönlichkeiten eingegangen werden, aber die wichtigsten Stationen, mit dem Schwerpunkt auf dem 20. Jahrhundert, in dem die drei vorliegenden Erzählungen zeitlich spielen, bedürfen sicherlich einer besonderen Aufmerksamkeit. Aber auch auf die Schlacht bei Tannenberg (Stebark) im Jahre 1410 muss näher eingegangen werden. Ostpreußen ging aus dem Land des »Deutschen Ordens« hervor und die Geschehnisse nach dieser Schlacht prägten die weitere Entwicklung des Ordensstaates und beförderten die Entstehung der späteren Provinz Ostpreußen als relativ unabhängigen Landesteil des Deutschen Reiches.

Wie so oft, wenn etwas über Ostpreußen geschrieben wird, so zitiere auch ich die unvergessenen Zeilen Agnes Miegels, der »Mutter Ostpreußens«, die 1879 in Königsberg geboren wurde.

Es war ein Land, – im Abendbrand,
Garbe um Garbe im Felde stand.
Hügel auf, Hügel ab, bis zum Hünengrab
standen die Horken, brotduftend und hoch,
und drüber der Storch seine Kreise zog.

So blau war die See, so weiß der Strand
und mohnrot der Mond am Waldesrand,
in der warmen Nacht, – der Erntenacht!

O kalt weht der Wind über leeres Land,
leichter weht Asche als Staub und Sand,
und die Nessel wächst hoch an zerborstener Wand,
aber höher die Distel am Ackerrand.

Ihr Gedicht »Es war ein Land« schildert unnachahmlich in wenigen bildhaften Worten den schrecklichen Untergang dieses stillen, oft vergessenen Landes an der Ostsee.

Die Entstehung Ostpreußens verlief ähnlich turbulent wie sein zwischenzeitliches Ende 1945. Kein Teilgebiet des damaligen Deutschen Reiches hatte wohl so eine stürmische und auch blutige Vergangenheit hinter sich gebracht wie dieses kleine, immer heiß umkämpfte Land an der Ostsee zwischen Memel und Weichsel. Ständig wechselnde Landesherren und eine Bevölkerung, die mehrmals aus halb Europa zur Einbürgerung ins von der Pest oder Kriegen leergefegte Land geholt wurde, ließen über viele

Jahrhunderte eine bemerkenswerte Toleranz und Akzeptanz gegenüber verschiedenen Kulturen und Sprachen, ja sogar unterschiedlichen Religionen und Völkern wachsen.

Bereits um Christi Geburt hielten sich im Ostseeraum ostgermanische und baltische Volksstämme auf. Tacitus, der berühmte römische Geschichtsschreiber, erwähnte schon im 1. Jahrhundert reiche Bernsteinfunde an der Samlandküste. Dieser ungewöhnliche Reichtum zog naturgemäß die unterschiedlichsten Völker und Herrscher an.

Um 960 tauchten, geschichtlich erstmals nachweisbar, die Prussen (Pruzzen) am südlichen Ostseeufer auf. Kurz danach versuchten die ersten Missionare, vom Polenfürsten Boleslav I. Chrobry gerufen, die heidnischen Bewohner Preußens zum »rechten Glauben« zu bekehren. Die massiven Versuche, die baltischen Prussen, denen Ostpreußen seinen Namen verdankt, zu taufen, scheiterten regelmäßig mit der Ermordung der ins Land geholten Missionare. Etwa zur gleichen Zeit hatten sich die Prussen auch mit den Einfällen der Wikinger auseinander zu setzen. Nach zahl- und opferreichen Schlachtzügen siedelten sich die Nordmänner schließlich um 1000 im Prussenland an und vermischten sich schon bald mit der dortigen Urbevölkerung. Die Goten zogen im 3. und 4. Jahrhundert in das Land und ließen sich im Weichselknie teilweise über mehrere Jahrhunderte nieder.

Nach 1100 gewann das polnische Reich immer mehr Einfluss auf das Prussenland, ohne es aber wirklich zu beherrschen. Doch Polen litt an inneren Kämpfen, an Intrigen und musste sich mit zahlreichen äußeren Feinden auseinander setzen. Als das katholische Po-

len 1138 in verschiedene Teilfürstentümer zerfiel, waren die Prussen darüber nicht traurig. Rasch gewannen sie verloren gegangene Gebiete zurück.
Die Litauer und der Klerus der katholischen Kirche, der inzwischen in Form von wehrhafteren Missionen das Land heimsuchte, machten den Prussen jedoch zu schaffen. Die Zisterzienser legten 1178 die erste Klosterabtei »Oliva« bei Danzig an. Weitere Klöster und gewaltsam errichtete Kirchen im Prussenland folgten. Ein außerordentlich bedeutender Vorgang, der die weitere Geschichte Ostpreußens nachhaltig beeinflussen sollte, ereignete sich im Jahre 1198 auf Geheiß des Papstes. Er wandelte den »Orden von St. Marien« in den »Deutschen Ritterorden« um. Der Papst verlieh dem Orden die Tracht mit dem berühmt-berüchtigten schwarzen Kreuz auf dem weißen Mantel. Die Ritterheere mit diesen auffälligen Mänteln sollten in den nächsten Jahrhunderten in unzähligen Schlachten und Kriegen für Angst und Schrecken sorgen.
Vier Jahre später, im Jahre 1202, wurde der ebenfalls sehr wehrhafte »Schwertbrüderorden« durch Bischof Albert gegründet, der sich 1237 mit dem Deutschen Orden verbündete. Die Christianisierung des Prussenlandes mit »Schwert und Blut« war damit besiegelt.
Der vierte Hochmeister des Deutschen Ritterordens, Hermann von Salza, der um 1210 zum ersten Mann des Ordens gewählt wurde, rief schließlich den Ordensstaat, aus dem Ostpreußen hervorging, ins Leben. Die Prussen wehrten sich gegen die gewaltsam aufgedrückte Christianisierung. Die hartnäckigen Probleme mit der endgültigen »christlichen« Unterwerfung der Prussen nötigten Papst Honorius III.

dazu, 1217 zum »heiligen Kreuzzug« ins Prussenland aufzurufen. Aber auch diese gewaltsame Aktion, die Tausende das Leben kostete, hatte nicht den gewünschten Erfolg. Aber im Jahre 1226 schlug endlich die große Stunde des »Deutschen Ordens«. Der polnische Fürst Konrad von Masowien bat den Orden um Hilfe gegen die heidnischen Prussen. Und dieser ließ sich nicht zwei Mal bitten. Von Kaiser Friedrich II. erhielten sie darüber hinaus auch noch die Vollmacht zur Eroberung des Prussenlandes. Die eroberten Gebiete durften sie behalten. Die Landgewinne, die der »Deutsche Orden« von nun an zu Gunsten des christlichen Glaubens erzielte, waren enorm. Größtenteils wurden die Prussen erschlagen oder vertrieben, aber auch die Polen und Litauer, obwohl ebenfalls Christen, mussten sich dem »Heiligen Schwert« der Eroberer beugen. In dieser Atmosphäre der Abhängigkeit und der Gewalt trat Konrad von Masowien dem Orden auch noch Kulm und Löbau ab. Weitere Gebiete wurden erworben oder den bisherigen Besitzern abgepresst. Zahlreiche Burgen und befestigte Orte und Städte entstanden. Der Orden musste ständig um sein neu gewonnenes Land bangen. Feinde hatte man sich ringsum genug gemacht. Mit dem Jahr 1231, als der erste Landmeister des »Deutschen Ordens« über die Weichsel setzte, begann die blutigste Zeit der Christianisierung der Prussen.
Die gewaltige Burg »Marienwerder« wurde 1233 der Ausgangspunkt für die weitere militärische Erschließung des Landes im Sinne des Ordens. 1234 übergab Papst Gregor IV. das Kulmerland und weite Teile des Prussenlandes dem Orden als »Eigentum des heiligen Petrus« zu ewigem Besitz. Das Ordens-

land stand selbstverständlich unter dem Schutz des Heiligen Stuhls. Diese großzügige, »heilige Geste« des christlichen Oberhirten brachte für viele Menschen Elend, Enteignung, Versklavung und den Tod mit sich.
1237 begann der ungeheure, ganz Europa in Angst und Schrecken versetzende Einfall der Mongolen von Osten und Süden die europäischen Völker aufzurollen. Besonders die Polen, aber auch Russland, Litauen, Ungarn und östliche Teile deutscher Reichsverbände waren vom Mongolensturm betroffen. Enorme Macht- und Gebietsverschiebungen waren bis ins alte Prussenland hinein zu spüren. Polen wurde im Ostseeraum entscheidend geschwächt, Litauen ebenfalls. Mongolische Stämme siedelten sich in Ostpreußen an, besonders im südöstlichen Teil des Landes bis weit nach Weißrussland hinein. Sie leben dort teilweise noch heute mit ihrer eigenen Kultur und Sprache.
Nach zahlreichen Feldzügen um die Vorherrschaft im Prussenland teilte Wilhelm von Modena, der als Legat der Kirche an die Ostsee entsandt worden war, das Land im Auftrag des Papstes 1243 in die Bistümer Kulm, Pomesanien, Samland und Ermland ein. Wie nicht anders zu erwarten, führte dieser einseitige Akt zum Aufstand der Prussen. Aber sie wurden unbarmherzig nieder gemacht. Die Prussen mussten notgedrungen die Herrschaft des Ordens anerkennen und sich verpflichten, zum verhassten Christentum überzutreten. Weitere Aufstände folgten. Die offizielle Mitteilung der Bischöfe und des Hochmeisters, die persönliche Freiheit der Getauften zu achten, mußte in deren Auge wie Hohn erscheinen. Dreizehn Jahre, von 1260 bis 1273, dauerte der ver-

zweifelte Freiheitskampf der Prussen und Kuren gegen die Unterdrückung und den massiven Landraub durch den Orden. Aber dieser letzte große Aufstand endete in einem Blutbad und der fast völligen Unterwerfung der preußischen Bevölkerung mit Hilfe König Ottokars von Böhmen. Der Grundstein von Königsberg, der späteren Hauptstadt Ostpreußens, wurde bereits 1255 mit dem Bau der Burg über dem Pregel gelegt, die zu Ehren König Ottokars von Böhmen nun nach ihm benannt wurde. Im Jahr 1272 begann der Orden mit dem Bau der Marienburg, die ab 1309 endgültig Hauptsitz des Ordens und der Hochmeister war. Die Marienburg ist eine der gewaltigsten Burganlagen, die Europa jemals gesehen hat.
1283 und 1295 gibt es die letzten erfolglosen Aufstände der Prussen, um ihr aufgezwungenes Joch erträglicher zu gestalten. Über 300 Jahre währte der Kampf dieses kleinen, streitbaren Volkes um Unabhängigkeit und Freiheit. Noch heute leben kleine Gruppen von ihnen vor allem in Masuren und dem russisch-litauischen Memelgebiet und verblüffen ihre Gesprächspartner mit ihrem polnisch-russisch-deutschem Sprachgemisch, reich gespickt mit prussischen und masurischen Ausdrücken.
Flämische Einwanderer gründeten um 1297 den Ort »Preußisch-Holland« in der Nähe von Elbing, das 1237 als erster Ostseehafen des Ordenslandes gegründet worden war. Eine echt holländisch anmutende Stadt, die von den Polen nach dem Krieg teilweise hervorragend restauriert wurde und so bis in unsere Zeit ihren ursprünglichen Charme erhalten konnte.
Um 1326 gab es verstärkte Auseinandersetzungen mit Litauen wegen eines Gebiets um Memel, das sich

der Orden einfach einverleibte. Memel selbst, die nördlichste Stadt des Landes, hatte bereits 1258 Lübisches Recht erhalten. Im Zuge dieser Auseinandersetzungen mischte sich auch Polen immer häufiger in die Kampfhandlungen ein. Trotzdem überließ der polnische König Kasimir der Große dem Orden freiwillig das Kulmerland und Pomerellen.
Von 1330 bis 1380 entstand der Königsberger Dom, die Altstadt trat ein Jahr nach der Fertigstellung dieses »Jahrhundertbaus« der Hanse bei. Die Eifersüchteleien und Konkurrenz mit Danzig und Elbing begannen. In den Jahren 1350 bis 1382 kam es zu einer politischen und wirtschaftlichen Blütezeit des Ordens unter dem Hochmeister Winrich von Kniprode. Mit der Vermählung des machthungrigen litauischen Großfürsten Jagiello mit Hedwig von Polen 1386 wurde der für den Ordensstaat letztendlich verhängnisvolle Grundstein zur Großmacht Litauen-Polen gelegt. Der gegen die Machtinteressen des Ordens arbeitende »Eidechsenbund« vereinigte die kulmische Ritterschaft. Als der Orden durch den Vertrag von Sallinwerder 1398 das litauische Stammland Schamaiten kassierte, begannen im Geheimen bereits die Vorbereitungen Jagiellos zum Untergang des Ordenslandes. Auch die Kuren und die Freie Stadt Danzig wurden unruhig und lehnten sich gegen den Druck des neuen Hochmeisters Konrad von Jungingen auf. Die Kuren wanderten einfach ins nördliche Samland und auf die Nehrung ein. 1409 erfolgte die offizielle Kriegserklärung des Ordens an Polen und Litauen, nachdem Jagiello bereits mehrfach im Grenzgebiet auf Ordensland eingedrungen war. Im Vorfeld der entscheidenden Schlacht bei Tannenberg versuchte der Orden wenigstens den König von Un-

garn für sich zu gewinnen, denn zahlreiche Verbündete, die früher oft nicht freiwillig dem Orden ihre Waffentreue schworen, wendeten sich nun von diesem ab. Der ungarische König versprach, wenn auch widerwillig, seine Unterstützung. Auch intern gab es Ränkespiele um das Hochmeisteramt und andere einträgliche Machtpositionen im Ordensstaat, die ein geschlossenes, kompromissloses Auftreten nach außen hin unmöglich machten. Dennoch bot Jagiello, der längst einen für sich spionierenden Ordensritter in der Marienburg hatte, dem Orden noch einmal den Frieden an. Allerdings nur unter der Bedingung, dass das litauische Schamaiten und das Dobriner Land wieder an Litauen abgetreten würden. Die Verhandlungen wurden jedoch schnell abgebrochen, da der Hochmeister Ulrich von Jungingen keinen Zentimeter der vorher unrechtmäßig besetzten Landesteile abtreten wollte. Ganz im Sinne der Kriegsvorbereitungen verlegte er sein Quartier nach Thorn, um der polnischen Grenze näher zu sein.

Die Streitmacht der Kreuzritter betrug über 50.000 Mann aus Preußen und dem Ordensland und knapp 35.000 Söldner, die sich unter 65 verschiedenen Heerbannern versammelten. Unter ihnen befanden sich 26.000 schwer bewaffnete Reiter. Ingesamt standen also etwa 85.000 Mann unter Waffen im Kreuzritterheer des Ordens.

Die Heeresmacht, mit der Jagiello ins Feld zog, verfügte über fast 200.000 Krieger. Über 60.000 Polen und fast 50.000 Litauer bildeten dabei die Hauptstreitmacht. Dazu kamen etwa 20.000 Russen und Schamaiten und über 40.000 Tataren, die sich größtenteils nach den Mongoleneinfällen in Weißrussland, Litauen und dem südöstlichen Ostpreußen niedergelassen hatten. Mehr als 20.000 Söldner aus Schlesien, Ungarn, Böhmen und Mähren komplettierten das internationale Heer des Polenkönigs. Seine gewaltige Reiterei war allein fast ebenso zahlreich wie das gesamte Ordensheer. Aber all das focht Ulrich von Jungingen nicht an. Er traute seinem in unzähligen Schlachten kriegserprobten Heer dennoch den Sieg zu.

Am 17. Juli 1410 standen sich die Heere bei dem Dorf Tannenberg gegenüber. Kurz vor dem Beginn dieser für Ostpreußen so entscheidenden Schlacht schickte Ulrich von Jungingen zwei Herolde ins Lager Jagiellos, um dem Brauch gemäß dem Gegner die Kampfbereitschaft zu melden. Sie überreichten dem König zwei Schwerter. Das eine war für Jagiello selbst bestimmt, das andere für seinen Verbündeten, den litauischen Großfürsten Witowd. Dieses symbolische Zeichen zum Kampf wird von den Polen bis heute als hochmütige Beleidigung empfunden.

Um die Mittagszeit prallten die Heere mit ungeheurer Wucht aufeinander. Das Kampfgeschehen zog sich bis an die Marause bei Mühlen. Durch die Reihen des weiß gekleideten Ordensheeres erklang bald der vielstimmige Siegesgesang »Christ ist erstanden!« Tatsächlich schien sich am frühen Nachmittag des ersten Kampftages das Kriegsglück auf die »Marienstreiter« zu konzentrieren. Doch allmählich machte sich die erdrückende Übermacht des vereinigten polnisch-litauisch-tatarischen Heeres bemerkbar. Ulrich von Jungingen erlitt an der Spitze seines nach vorne stürmenden Fähnleins den Tod. Mit schweren Verlusten zogen sich die Reste des Ordensheeres zurück. Fast 50.000 Mann starben an diesem

einen Nachmittag des 17. Juli 1410 auf Seiten des »Deutschen Ordens«. Etwa 60.000 Tote hatte der Feind zu beklagen. Aber nun machte der auf dem Schlachtfeld so erfolgreiche Jagiello einen folgenschweren Fehler. Er und seine Truppen setzten dem total verunsicherten und weit zerstreuten Ordensheer nicht nach, um den angeschlagenen Gegner vollständig zu vernichten, sondern sie feierten in der Nähe des Schlachtfeldes ihren grandiosen, doch nicht endgültigen Sieg. Anschließend hielten sie sich mit Plünderungen und Beutezügen noch tagelang in der Provinz auf.
Diese Zeit aber nützten die Reste des Ordensheeres und ihre verbliebenen Anführer, um die Burgen im Hinterland neu aufzurüsten, aber vor allem, in einem tage- und nächtelangen Gewaltritt zur Marienburg zu kommen, um das Hochmeisterschloss, den Mittelpunkt des Ordensstaates zu retten. Verteidigungsschwachstellen wurden verbessert und die gesamte Anlage in ihrer Wehrhaftigkeit verstärkt. Das nebenan liegende Städtchen Marienburg wurde abgebrannt, damit es dem Feind nicht als Quartier und Angriffsbasis gegen die Burg dienen konnte.
Mehr als 5000 Mann, schwer bewaffnet und für eine monatelange Belagerung gerüstet, erwarteten in der gewaltigen Marienburg Jagiellos siegtrunkenes Heer. Am zehnten Tag nach der Schlacht bei Tannenberg kam das vereinigte Königsheer mit etwa 120.000 Streitern vor den Mauern der Ordensburg an.
Dem polnischen Heer gelang es nicht, die Burg auch mit dieser Übermacht erfolgreich zu stürmen. Als die Marienburg nach zwei Monaten der Belagerung noch immer keine Schwächen zeigte, wurde auch die Situation des Königsheeres immer schwieriger. Die

umliegenden Dörfer und Gehöfte waren längst bis zum letzten Rest ausgeplündert. Um sich ausreichend versorgen zu können, mussten inzwischen schon enorme Wegstrecken bewältigt werden, was in der Regel mehrere Tage dauerte. Jagiellos Horden hatten schon auf dem Weg zur Marienburg jedes Stück Vieh, jeden Grashalm und jedes Stück Brot verprasst und geplündert und so brach in dem mächtigen, unbesiegbar erscheinenden Heer eine unvorstellbare Hungersnot aus. Zusätzlich begann auch noch eine rasch um sich greifende Pestepidemie seine Reihen empfindlich zu lichten. Bei einem schicksalsträchtigen Schuss mit der größten Kanone des polnisch-litauischen Heeres auf die Schutzpatronin der Marienburg explodierte das gewaltige Kanonenrohr und das Bildnis der Madonna an der Marienkapelle lächelte unversehrt zu dem Kinde auf ihren Armen hinab. Wenn das kein Zeichen Gottes war! Große Teile des ohnehin schon geschwächten und stark gelichteten Heeres und der litauische Großfürst Witowd wollten daraufhin die Belagerung sofort beenden. Jagiello ließ Heinrich von Plauen, dem Nachfolger Konrads von Jungingen, als letzten Versuch, den Orden doch noch zur Kapitulation zu bewegen, seine Friedensbedingungen überbringen. Doch der Führungsstab in der Burg, in Kenntnis der verzweifelten Lage des riesigen Heeres vor seinen Mauern, wies die Bedingungen ab. Nach und nach brachen zuerst die Litauer ihr Lager ab, es folgten die Russen und die Herzöge von Masowien (Masuren). Als das Gerücht auftauchte, dass von Livland ein großes Entsatzheer zur Unterstützung des Ordens unterwegs sei, brach auch ein erster Teil des polnischen Heeres auf. Aber Jagiello hielt den schmaler gewor-

denen Rest seines Belagerungsringes weiter eisern zusammen.
Aber auch die Lage in der Marienburg war inzwischen mehr als verzweifelt geworden. Die Kornvorräte waren fast vollständig aufgebraucht, das Schlachtvieh verzehrt. Die Rationen der ebenfalls stark dezimierten Verteidiger waren auf ein fast nicht mehr erträgliches Minimum reduziert worden. Doch Ende September gelang es der Burgbesatzung, Lebensmittel, Waffen und frische Krieger in die Burg zu bringen. Zusätzlich erhielt Jagiello die Nachricht, dass König Sigismund von Ungarn in Polen eingefallen war und das Land vom Süden her plünderte. Damit hatte der ungarische König doch noch sein Wort gehalten, den Orden in seinem verzweifelten Kampf zu unterstützen. Der Polenkönig musste die Belagerung aufgeben und abziehen. Noch beim Abzug rief er Heinrich von Plauen zu: »Jetzt weichen wir, doch wir kommen wieder und dann soll Euch die Jungfrau Maria nicht mehr vor dem Verderben schützen!« In der Marienburg aber lagen Tausende auf den Knien und sangen mit den Ordensbrüdern: »Te deum laudamus!«
Der erste Friede von Thorn 1411 sicherte dem Orden zwar sein gesamtes bisheriges Gebiet außer Schamaiten zu. Aber die ungeheure Summe von 100.000 Schock böhmischer Groschen, die innerhalb von einem Jahr an den Polenkönig zu zahlen waren und die enormen Reparationskosten im völlig verwüsteten Land machten den Ordensstaat auf lange Sicht bettelarm, ja fast zahlungsunfähig.
Die ständigen Intrigen und inneren Machtkämpfe führten zwei Jahre später zur Absetzung des Hochmeisters Heinrich von Plauen. Vor allem die mächti-

gen Städte Danzig und Elbing widersetzten sich seinen Reformplänen und als sein Bruder, der als Komtur in Danzig eingesetzt war, heimlich die beim Volk äußerst beliebten und anerkannten Bürgermeister Konrad Letzkau und Arnold Hecht sowie den Ratsherrn Barthel Groß durch den gedungenen Piraten Marquard Stenebreeker meucheln ließ, war Danzig vollständig auf der Seite des Polenkönigs, der ihnen alle gewünschten Freiheiten versprach.

Bereits 1412 kam es zwischen dem Orden und Polen zu erneuten Kämpfen, die etwa zehn Jahre andauerten. Durch den Frieden von Meldensee wurde die polnisch-litauisch-preußische Grenze neu festgelegt. Der Ritterorden beherrschte zukünftig nur noch die Gebiete, die vorher zu Pruzzen gehörten.

1440 erfolgte der bedeutungsvolle Zusammenschluss des Adels und der Städte im »Preußischen Bund«, der mit insgesamt 19 Städten gegen den Orden rebellierte. Ab 1450 begannen zahlreiche Litauer ins Memelland zu ziehen. Der »Dreizehnjährige Krieg« von 1455-1466 zwischen dem Orden und dem »Preußischen Bund«, der die Unterstützung durch den Polenkönig erhielt, schwächte die weitere Stellung des Ordensstaates entscheidend. Im Jahre 1457 kam es zum Auszug des Ordens aus der Marienburg, der sich dort nicht mehr sicher genug fühlte. Die Residenz des Hochmeisters wurde nach Königsberg verlegt.

Das Ermland wurde 1464 der Schutzherrschaft des Polenkönigs unterstellt. 1466 besiegte Kasimir IV., Großfürst von Litauen, den Orden erneut. Polen erhielt im zweiten Thorner Frieden das Kulmerland, Pommerellen, das Ermland und die Gebiete um die Marienburg, außerdem die Oberhoheit über das restliche Ostpreußen. Die Großmachtstellung des Ordenslandes gehörte somit endgültig der Vergangenheit an. Aufgelöst wurde der Orden schließlich 1809 von Napoleon und Preußen zog alle noch vorhandenen Güter des Ordens ein. Nur in Österreich und Holland konnten sich Reste des Ordens noch bis heute erhalten.

Bekanntester Sohn der Stadt Thorn ist übrigens Nikolaus Kopernikus. Der Astronom und Gelehrte kam dort 1473 zur Welt.

Der Markgraf Albrecht von Brandenburg-Ansbach, neuer Hochmeister in Königsberg, begann 1519 den letzten Krieg des Ordens gegen seinen »ewigen« Feind Polen. Aber der Orden verlor und verschwand von nun an in der geschichtlichen Bedeutungslosigkeit. Im Krakauer Frieden von 1525 wurde der Ordensstaat in ein weltliches Herzogtum umgewandelt. Königsberg wurde offiziell zur ersten preußischen Hauptstadt erklärt Die politischen Umwälzungen verbesserten jedoch nicht die Lebenssituation der Bevölkerung.

1544 wurde die weltberühmte Königsberger Universität, die Albertina, gegründet.

Nach dem Aussterben der preußischen Hohenzollern-Linie 1618 wurde eine Personalunion Preußens mit dem Hause Brandenburg durchgeführt. Friedrich Wilhelm übernahm darin ab 1640 als Kurfürst von Brandenburg die Geschicke des Hauses.

Im schwedisch-polnischen Krieg besetzte Gustav Adolf 1626 Pillau. Die einverleibten Gebiete in Preußen und Livland wurden knapp zehn Jahre später allerdings wieder zurückgegeben. Als die Schweden 1656 im Verein mit Brandenburg über die Polen siegten, verstärkte sich der Druck des schwedischen

Königshauses der Wasa auf Krakau. Mit dem Frieden von Olivia 1660 wurde die polnische Lehnshoheit beendet, ebenso der Krieg zwischen Polen und Schweden.
Waren gut hundert Jahre zuvor Mennoniten und Litauer eingewandert, so kamen um das Jahr 1685 über 20.000 Hugenotten, die in Frankreich, Belgien und Holland wegen ihres Glaubens verfolgt wurden, in den »Vielvölkerstaat« Ostpreußen und ließen sich dort dauerhaft nieder Auch die Philippaer, die in Russland verfolgt wurden, fanden im 19. Jahrhundert Zuflucht in Ostpreußen.
Kurfürst Friedrich III. von Brandenburg ließ sich gegen den Einspruch des Papstes in Königsberg 1701 als Friedrich I. zum König in Preußen krönen.
Ab 1713 gab es in dem durch eine abermalige Pestepidemie entvölkerten Land vom Staat geförderte Ansiedlungen von Schweizern, Litauern und Österreichern.
Das in drei Städte aufgegliederte Königsberg (Kneiphof, Altstadt und Löbenicht) wurde 1724 von Friedrich Wilhelm I. vereinigt. Die Stadt nahm schnell an Bedeutung und an Einwohnerschaft zu. Im gleichen Jahr wurde auch der wohl berühmteste Sohn der Stadt geboren, der Philosoph Immanuel Kant.
Bereits 1773 gab es weitere bedeutende Einwanderungswellen in Ostpreußen. Religionsflüchtlinge, vor allem aus Salzburg, ließen sich bevorzugt im südlichen Teil des Landes nieder. Die Bevölkerung Ostpreußens bestand in der Mitte des 18. Jahrhunderts aus Preußen, Masowiern, Prussen, Litauern, Polen, Russen, Holländern, Franzosen, Schweizern, Österreichern und Tataren. Hinzu kamen noch Schweden und Dänen, teilweise auch Esten und Livländer. All

diese verschiedenen Nationen lebten friedlich und harmonisch in Ostpreußen zusammen. Jeder respektierte und tolerierte des Anderen Kultur, Religion und Eigenart.
Nach der ersten polnischen Teilung wurde Ostpreußen 1772 wieder mit Westpreußen und dem Ermland vereinigt. Die beiden preußischen Provinzen erhielten erstmals amtlich die Namen »Ost- und Westpreußen«. Nach der 2. Teilung Polens wurde der polnische Aufstand durch russische und preußische Truppen 1794 niedergeschlagen. Polen verschwand schließlich mit der 3. Teilung zunächst von der europäischen Landkarte. Nachdem Napoleon 1806 die Preußen bei Jena und Auerstedt besiegt hatte, besetzten die Polen Südpreußen. Die königliche Familie floh von Königsberg nach Memel. 1807 wurde nach der Schlacht bei Preußisch-Eylau die preußische Hauptstadt von den Franzosen besetzt. Napoleon gründete das Herzogtum Warschau. Polen war damit wieder auf die geschichtliche und politische Bühne getreten.
Die Bauern in Ostpreußen erhielten die Aufhebung der »Erbuntertänigkeit« und der Adelsvorrechte, unter denen sie jahrzehntelang gelitten hatten. Eine einschneidende Reform der Städteordnung mit Selbstverwaltung wurde eingeführt und verbesserte damit die Entwicklungsmöglichkeiten und Freiheiten der Stadtbevölkerung nachhaltig.
1813 begannen die deutschen Befreiungskriege in Königsberg, die in der berühmten Völkerschlacht bei Leipzig mit der vernichtenden Niederlage Napoleons endeten.
Im Jahre 1824 wurden Ost- und Westpreußen zur Provinz Preußen vereinigt.

1861 ließ sich Wilhelm I. in Königsberg als Nachfolger seines geistig erkrankten Bruders zum Preußischen König krönen. Von 1864-1866 begab sich Preußen in einen Krieg mit Dänemark und Österreich und 1870 auch noch mit Frankreich.
1871 wurde Friedrich I. in Versailles zum Deutschen Kaiser ausgerufen, Preußen hatte also gewonnen. Glücklicher wurden die Menschen in Ostpreußen deshalb nicht. Ab 1875 setzte in der Provinz Ostpreußen eine bisher nie gekannte Auswanderungswelle in die westlichen Reichsteile ein. Über 700.000 Menschen, das waren immerhin fast drei Viertel der Gesamtbevölkerung, verließen das Land. Aus Westpreußen zogen im gleichen Zeitraum über 500.000 Menschen weg.
Kaiser Wilhelm II. trat ab 1888 die Nachfolge des »Prinzen von Preußen« an.
Bereits 1910 hatte das Land durch massive Einwanderungsaktionen wieder eine Bevölkerungszahl von fast zwei Millionen erreicht.
Während des Ersten Weltkriegs waren Teile Preußens hart umkämpft. In der Nähe von Hohenstein erinnert noch heute das Tannenbergdenkmal an den Kampf deutscher und russischer Armeeeinheiten im Jahre 1914. Nach Kriegsende fiel mit dem Versailler Vertrag fast ganz Westpreußen an Polen und große Teile Ostpreußens an Litauen. Das übrige Ostpreußen war durch den so genannten »Polnischen Korridor« vom Deutschen Reich getrennt.
Litauen, das bis ins 16. Jahrhundert eine Ausdehnung von der Ostsee bis zum Schwarzen Meer hatte, fiel nach zahlreichen Auseinandersetzungen bereits 1667 endgültig an Moskau. Erst 1918, nach dem Ende des Ersten Weltkriegs, wurde Litauen wieder

eine unabhängige Republik. Im September 1922, zwei Jahre nach der offiziellen Anerkennung als unabhängige Republik durch die UdSSR, wurde in Kaunas der »Litauische Bund« gegründet. Gründungsmitglieder waren vor allem Oppositionelle gegen die Nationalpartei, die Anatanas Smetona, litauischer Staatspräsident von 1920-22 und 1926-40, führte und der die Christlich-Demokratische Partei und die Volkssozialisten verbieten ließ. Daher konnte der »Litauische Bund« nur im Untergrund arbeiten. Sein vorrangiges Ziel war, die Nationalpartei zu stürzen und die zahlreichen politischen Opfer vorwiegend aus dem Bannfeld der UdSSR und dem Deutschen Reich zu retten. Die Unabhängigkeit Litauens konnte jedoch wegen innerer sozialer und parteipolitischer Spannungen im Lande nicht gewahrt werden. 1940 wurde Litauen Sowjetrepublik. Mehr denn je konzentrierte sich der »Litauische Bund« auf die aktive Unterstützung von Flüchtlingen, Abgeschobenen und politisch Verfolgten im preußisch-russisch-litauischen Raum. Der »Litauische Bund« konnte in der Zeit zwischen 1922 und 1941 hunderten von politisch verfolgten oder abgeschobenen Menschen helfen. Meist geschah dies durch die Schaffung einer neuen Identität, die Besorgung neuer Papiere oder durch Hilfe bei der Ausreise in ein aufnahmefähiges und vor allem aufnahmewilliges Land. Auch die zeitlich begrenzte Unterbringung von Dissidenten und »unerwünschten Personen«, um ihnen Schutz vor dem Zugriff der Behörden, des Militärs oder der Polizei zu gewähren, gehörte zu den Aufgaben des »Litauischen Bundes«. Anfang 1941 löste sich der Bund nach der Verhaftung führender Mitglieder durch die russische Geheimpolizei auf.

In Ostpreußen kam es 1920 zu einer Volksabstimmung, ob die Bevölkerung zu Deutschland oder Polen gehören wollte. Durchschnittlich sprachen sich damals ca. 96% der Einwohnerschaft für einen Verbleib im Deutschen Reich aus.
1923 wurde das Memelgebiet jedoch von Litauen annektiert, was drei Jahre später zum Krieg an der Memel führte.
Im Deutschen Reich herrschte in den zwanziger Jahren eine hochexplosive Stimmung, die auch in Ostpreußen zu spüren war. Zum Ende der zwanziger Jahre hatten die Nationalsozialisten vor allem in den größeren Städten des Reiches einen nicht mehr zu verharmlosenden Zulauf. In Ostpreußen hielt sich diese Entwicklung zunächst in Grenzen. Das relativ weit vom Reich entfernte Land an der Ostsee reagierte weitaus gelassener, fast träge. Das Leben in Ostpreußen, besonders das der Landbevölkerung, war zwischen 1925 und 1932 hauptsächlich auf eigene Probleme gerichtet. Die Ostpreußen hatten sich in erster Linie mit ihren unmittelbaren Nachbarn, den Polen, Litauern und Russen auseinander zu setzen, so wie das seit vielen Jahrhunderten bereits der Fall war.
Als Hitler im Januar 1933 an die Macht kam, registrierte man das in Ostpreußen zwar, aber kaum jemand im Lande nahm das mit der gleichen Hysterie wie im Mutterland auf. Als im Jahre 1934 der Nichtangriffspakt mit Polen geschlossen wurde, senkte sich eine zufriedene Gleichgültigkeit gegenüber politischen Vorgängen übers Land.
1938, als es zu einer Pogromnacht gegen ostpreußische Juden und einem Verbot von katholischen Organisationen kam, zeigte sich aber dann auch in Ost-

preußen die hässliche Fratze des Nationalsozialismus. 1939 wurde das Memelgebiet auf starken politischen Druck hin wieder Ostpreußen angegliedert. In den Kriegsjahren blieb es in Ostpreußen bis etwa 1943 relativ ruhig, während im Reich der Krieg doch erheblich heftiger zu spüren war. 1944 scheiterte von Stauffenbergs Attentat auf Hitler im Hauptquartier »Wolfsschanze« bei Rastenburg. Im selben Jahr wurde die Königsberger Innenstadt durch die britische Luftwaffe völlig zerstört. Die Rote Armee rückte nach Ostpreußen vor. Der Zusammenbruch an der Weichselfront löste Anfang 1945 endgültig eine Massenfluchtbewegung in der Bevölkerung aus. Den russischen Verbänden eilten furchtbare Berichte über Misshandlungen, Folter und unmenschliche Grausamkeiten voraus. Nur nicht den Russen in die Hände fallen! Alles andere wurde zur Nebensache. Hunderttausende versuchten, hauptsächlich aus dem Norden und von Königsberg kommend, über das zugefrorene Frische Haff auf die bereitgestellten Fluchtschiffe zu gelangen. Das Eis brach teilweise unter der gezielten Bombardierung der britischen Luftwaffe und dem Beschuss der Roten Armee ein.
Ganze Flüchtlingstrecks versanken mit ihren Pferdefuhrwerken unter dem Eis. Zigtausende schoben und quetschten sich auch die schmalen Landwege auf der Nehrung entlang oder versuchten noch rechtzeitig über die Weichsel zu kommen. Insgesamt kamen 500.000 Menschen auf der Flucht ums Leben.
Im Potsdamer Abkommen wurde Ostpreußen von den USA und Großbritannien in zwei »Verwaltungsbezirke« aufgeteilt. Der nördliche Teil mit Königsberg, von dem das Memelland sofort zur litauischen

Sowjetrepublik kam, wurde unter russische Verwaltung gestellt, der südliche, größere Teil mit Masuren kam zu Polen.
Ein »Kontrollausschuss« der Siegermächte löste 1947 den preußischen Staat auch formell auf.
Polen begann 1950 mit der Aussiedlung großer Teile verbliebener Ostpreußen, Russland 1957. Die Gesamtzahl der Flüchtlinge und Vertriebenen belief sich auf rund zwei Millionen. An die 100.000 Ostpreußen blieben aber in ihrer Heimat.
Im »Moskauer Abkommen« von 1970 stimmte die Bundesrepublik den bestehenden Grenzen zwar zu, überließ eine endgültige Grenzlegung jedoch einem zukünftigen Friedensvertrag. Das Land war jedoch ab 1960 zu 99,2% von Polen und Russen bevölkert.
Die 1949 gegründete »Landsmannschaft Ostpreußen« protestierte 1980 offiziell gegen die faktische Annexion ihrer Heimat durch die UdSSR und Polen.
Die von Stalin vertriebenen Russlanddeutschen plädierten zwischenzeitlich für eine autonome Republik im Gebiet von Königsberg.
Nach dem Zusammenbruch der Sowjetunion und der Bildung neuer, wieder unabhängiger Länder hat das nördliche Ostpreußen seit 1991 keine direkte geografische Verbindung mehr zu Russland. Boris Jelzin stimmte dem Plan zu, das Königsberger Gebiet in eine Freihandelszone »Bernstein« umzuwandeln. Im Kaliningrader Gebiet leben heute etwa 30.000 Deutsche und deutschstämmige Russen. Nachkommen früherer ostpreußischer Familien pachten wieder ihre ehemaligen Besitztümer und leben mit ihren Familien in Masuren, im Samland, Ermland oder im Königsberger Gebiet. Kulturelle, sportliche und wirtschaftliche Austauschprogramme zwischen Polen,

Russen und Deutschen schaffen wieder eine versöhnliche Atmosphäre zwischen den über Jahrhunderte verfeindeten Völkern. Und nur in dieser friedlichen, gemeinsam getragenen Aufbauarbeit liegt eine Zukunftschance für Ostpreußen, für dieses in unseren Tagen wieder entdeckte Land zwischen Memel, Weichsel und Ostsee.
Wer sich im Großraum München für die wechselvolle Geschichte dieses faszinierenden Landes interessiert, dem sei ein Besuch im »Haus der Ost- und Westpreußen« und der »Ostpreußen-Gedenkstätte« am alten Flughafen in Oberschleißheim empfohlen. In dieser Atmosphäre von abgeschiedener Idylle und Vergänglichkeit ist das Kennenlernen Ostpreußens ein fast unverfälschtes Erlebnis.

Eine Geschichte aus Ostpreußen

Meine Mutter ist für mich die einzige lebendige Verbindung, eine erzählende Erinnerungsbrücke zu dem fernen, in meinen Phantasien geborenen und weiterentwickelten Land meiner Vorfahren. Zu jenen mysteriösen, weiten Ebenen, Wäldern und Seen, zu den alten, endlosen Alleen und den kaum aus ihrem Dornröschenschlaf wieder erwachten Dörfern und Städten, die mich in den letzten Jahren meines Lebens immer mehr anzogen und für sich gewannen, obwohl ich sie kaum kannte.
Eine Reise ins damalige Ostpreußen verläuft heute für den nach der Vergangenheit Suchenden immer mit der Hilfe zweisprachiger Landkarten oder einer Übersetzungs-Liste. Fast jedes Dorf, jede Stadt, jeder Landstrich oder See wird polnisch oder russisch gesucht und ins Deutsche übertragen.
Als ich im Juli 1996 zum zweiten Male im masurischen Mühlen (Mielno), Kreis Osterode, dem heutigen Ostroda, war, verging kaum ein Tag, an dem ich die bruchstückartigen Erzählungen meiner Mutter nicht zu Bildern, Träumen und unbestimmten Sehnsüchten verwandelte.
Aber es gab nicht nur schöne oder sentimentale Erinnerungen, die ihre Worte aus der Vergangenheit in

die Gegenwart zurückholten. Viele waren auch derb, grausam, blutbefleckt und schilderten Szenen, die von schrillen Angst- und Schmerzensschreien erfüllt waren. Und so mancher dieser gellenden Schreie vor über 50 Jahren lässt sie auch heute noch schweißgebadet aus ihren Träumen hochschrecken. Sie versuchte Jahrzehnte lang vieles einfach zu verdrängen. Als ich an einem schwülen, gewitterschweren Sommertag etwas abgespannt und gedankenverloren mit meiner Frau vor den verbogenen und verrosteten Resten des alten Mühlener Friedhofstores hinter der Volksschule stand und zwischen den hoch gewachsenen Bäumen und einem dichten Teppich aus Gras und Brennnesseln vergeblich nach den Grabsteinen meiner Urgroßeltern und meiner Großmutter suchte, begannen sich wieder diese hingestreuten, seltsamen Bruchstücke aus den Erzählungen meiner Mutter zusammen zu setzen. Und es entstand eine Geschichte, die mich traurig machte und erschaudern ließ. Aber Neugierde und der Wunsch, alles nieder zu schreiben, rissen den unberührten Vorhang vergangener Jahrzehnte mit einem Ruck von einem lange schlafenden Gedächtnis und was längst vergessen schien, entstand neu im Bewusstsein.

Wir saßen an einem eiskalten Märznachmittag 1996 im dunklen Wohnzimmer meiner Mutter zusammen und tranken ein Gläschen roten Burgunder. Und allmählich, langsam und zögernd begann sie sich wie unter einer uralten Last zu bewegen. Sie erzählte etwas leise, entgegen ihrer sonstigen Art, aus den Erinnerungen ihres Lebens in Ostpreußen. Einem Leben in einem kleinen Dorf am Rande Masurens. Weit ab vom Rest der Welt, fast vergessen zwischen seinen Mooren, Wäldern, Heidelandschaften, seinen zahllosen Seen und seiner geografischen Bedeutungslosigkeit:

Scheinbar war das Wetter bei uns vor 77 Jahren, als ich im März 1920 geboren wurde, zumindest im Frühjahr wesentlich wärmer als heute. Die Birken trieben bereits die ersten zarten Blätter, Frühlingsblumen zwängten sich aus den schmelzenden Schneeresten und Großvater, der uns den harten Winter über an den späten Nachmittagen fast täglich mit seinen angeblich tatsächlich passierten Gruselgeschichten am warmen Bollerofen festhielt, schmiedete Pläne, was er auf den Äckern in diesem Jahr anbauen würde.
Eigentlich war der immer gut gelaunte, aber wortkarge Mann Schreiner und konnte so ziemlich alles anfertigen, was mit Holz zu tun hatte. Aber fast jeder hier in Mühlen war notgedrungen außer in seinem Beruf noch in der Landwirtschaft tätig und hatte seine eigenen Felder, Äcker und oft auch noch ein Stück Wald. Es wäre für viele schwer gewesen damals, ohne eine eigene, kleine Erdkrume gesichert über die Runden zu kommen.
Unsere Familie bestand aus elf Personen. Großvater Eduard Wittka und seine Frau Karoline, meine Eltern Emma und Rudolf Sdunek bzw. Klausner. Ich, Erika, war das älteste der vier Kinder. Dann kam Erna, zwei Jahre jünger als ich. Herbert war der einzige Junge und Margot die jüngste und zugleich frechste von uns allen. Außerdem lebten noch zwei Gesellen und ein Lehrling bei uns. Vater war Schmiedemeister im Dorf.
In der Familie herrschten um 1939/40 typisch ostpreußische Namensverhältnisse.

Das nahe Polen war nicht nur geografisch deutlich spürbar. Während meine Großeltern mütterlicherseits Wittka hießen und väterlicherseits Sdunek, nahmen mein Vater und damit wir Kinder und meine Mutter 1940 den deutsch klingenden Namen Klausner an. Diese Namensumwandlungen waren in Ostpreußen zu dieser Zeit nichts Ungewöhnliches. Oft waren sie ratsam.
Meine Kindheit verlief wild, frei und unbeschwert und die unmittelbare Nähe der uns umschließenden großen, stillen Natur prägte die Menschen deutlich. Man lebte enger und vertrauter zusammen, kannte jeden genau mit seinen Eigenarten, seinen Schwächen und Stärken. Die Dorfgemeinschaft hatte in vielem gewisse Ähnlichkeiten mit einer großen, meist fest zusammenhaltenden Familie. Was nicht heißt, dass es bei uns keine seltsamen Eigenbrötler oder geheimnisvolle Sonderlinge gab, die wir im Dorf hauptsächlich an den bedeutenden gemeinsamen Festen zu sehen bekamen.
Da gab es zum Beispiel den alten Hermann Kaminsky, der seit fast 15 Jahren am abgeschiedenen und verwilderten Ostufer des Mühlener Sees ein kleine, selbst gebaute Blockhütte bewohnte. Ohne Wasser und Strom.
Man erzählte sich im Dorf, dass er wegen des Verlustes seiner Frau und seines Sohnes nichts mehr mit der Dorfgemeinschaft zu tun haben wollte.
Er lebte vor allem vom Fischen, von der Jagd (natürlich in fremden Revieren) und vom gelegentlichen Verkauf seiner märchenhaft anmutenden geschnitzten Baumwurzeln und Holzfiguren. Das meiste nahm er aber mit ziemlicher Sicherheit durch den Verkauf eines »höllischen« Kräuterschnapses ein.

Etliche Männer im Dorf kamen jedenfalls regelmäßig mit einem verdächtig klirrenden Jutesack vom See zurück. Und Fische, Pilze oder Beeren, die sie angeblich mit sich trugen, wenn man sie ansprach, hätten beim Gehen wohl kaum derartige Geräusche verursacht.

Vor gut 15 Jahren, also etwa um 1925 herum, spannte der damalige Domänen-Verwalter Knut Burghardt dem Hermann die Frau aus. Und das auf eine Weise, dass dieser für Außenstehende eigentlich unbedeutende Fall noch viele Jahre in den Köpfen der Leute im Dorf herumspukte. Auch bei uns Kindern.

Burghardt war ein stattlicher, vermögender Mann, der seinen Wohlstand gerne nach außen hin zeigte. Er besaß eine schwere goldene Taschenuhr, die er beim abendlichen Kartenspiel im Wirtshaus regelmäßig demonstrativ neben sich auf den Tisch zu legen pflegte. Um Punkt elf Uhr stand er auf, steckte seine Uhr umständlich ein und verließ die feuchtfröhliche Kartenrunde. Egal, ob ein begonnenes Spiel noch nicht beendet war oder ob er verloren oder gewonnen hatte.

Jeder, der keine eigene Uhr besaß, konnte sich hundertprozentig nach dieser Marotte orientieren. Und Burghardts Uhr hatte einen zeitlichen Vorbildcharakter im Dorf. Wenn er sagte, jemand solle um zehn Uhr vormittags sein Korn in der Domäne anliefern, dann war auch zehn Uhr gemeint! Nicht eine Minute vor zehn oder gar eine Minute nach zehn. Es war außerdem wohl keine weitere Erklärung nötig, dass sich die angegebene Zeit selbstverständlich ausschließlich nach seiner schweren goldenen Uhr mit dem schweizer Präzisionswerk richtete!

Knut Burghardt war ein ans Befehlen und Kommandieren gewöhnter Mann. Nicht nur die Tagelöhner, Landarbeiter, Mägde und Hausangestellten in der Domäne mussten springen, wenn es ihm gefiel, sondern auch so mancher indirekt von ihm abhängige Bauer im Dorf.
Jene, die sich wegen einer schlechten Ernte bei Burghardt Geld geliehen hatten, bereuten es fast allesamt. Nicht nur, dass sie unverschämte Wucherzinsen zahlen mussten, das Hauptproblem wurde bald jene Gängelung und Abhängigkeit, in die Burghardt gerade die brachte, die ihm im Dorf in irgendeiner Form gefährlich werden konnten. Sei es wirtschaftlich, an Einfluss, bei Frauen oder bei einer Vorsitzendenwahl eines Vereins, der Freiwilligen Feuerwehr oder sonst was. Wehe, es kam ihm jemand in die Quere.
Aber es gab immerhin doch vereinzelte »Wahnsinnige«, die es tatsächlich schafften, den großen Knut auf die Plätze zu verweisen.
Hermann Kaminsky war einer von denen. Deshalb lebte er ja auch schon so lange alleine am idyllischen Ostufer des Mühlensees und war froh darüber, wenigstens dort seine Ruhe zu haben.
Mathilde, seine hübsche, eigenwillige Frau, ließ sich irgendwann mit Knut Burghardt ein. Keiner im Dorf konnte verstehen warum, am wenigsten Hermann. Aber es war so. Punktum. Hermann, damals eine hochexplosive Mischung aus Choleriker und Weltverbesserer, dachte anfangs an Mord, an Selbstmord, schließlich daran, dass er wahnsinnig werden würde. Aber das alles half nichts, er konnte nichts wirklich wirksames gegen den mächtigen Mann unternehmen. Zumindest nichts legales.

Als zwei Wochen, nachdem Mathilde zu Burghardt gezogen war, dessen protzige goldene Taschenuhr von Hermann zähneknirschend flach geklopft wurde, begann Hermanns unaufhaltsamer Abstieg. Keiner im Dorf konnte es verhindern.
Knut verdrosch den Unglückseligen noch im Gasthaus gnadenlos und als dieser total verbeult und vor Elend heulend nach Hause kam, begann auch noch der lange währende, entwürdigende Weg bis hin zur totalen Verachtung durch seinen Sohn Bertram.
Der Junge war damals vielleicht neun oder zehn Jahre alt, er konnte und wollte nicht verstehen, dass sein Vater dieses Unrecht ertrug. Wie konnte er sich die Frau, seine geliebte Mutter, von diesem aufgeblasenen Wichtigtuer wegnehmen lassen? Warum lebte dieser Burghardt überhaupt noch?
Als Bertram 13 Jahre alt wurde, verließ er seinen Vater und blieb bei Mathilde und Knut, den er doch angeblich so hasste wie nichts auf dieser Welt.
Bertram wurde im Laufe der Jahre seinem herrischen Stiefvater immer ähnlicher und als dieser nach Jahren der Anfeindung das Handtuch werfen musste und das Dorf verließ, gab es auch für den inzwischen 18-jährigen Jungen keine andere Wahl als mitzuziehen. Mathilde blieb im Dorf zurück, gelitten zwar, aber ohne die vorherige Geborgenheit und Anteilnahme der Dorfgemeinschaft.
Mein Großvater war von Kindesbeinen an eng befreundet gewesen mit dem unglücklichen Hermann und verbrachte viel Zeit bei ihm unten am See. Helfen lassen wollte sich der selbst ernannte Eremit aber von niemandem. Auch die heimlichen Kupplungsbemühungen von uns Kindern, um ihn mit Mathilde wieder zu versöhnen, blieben ergebnislos.

Hermann unterstützte meinen Großvater manchmal beim Ersinnen und Ausarbeiten ungewöhnlicher Geschenke aus Holz und Papier für uns Kinder.
Zu Weihnachten fertigten sie für meine beiden Schwestern und mich manchmal wunderschöne, aber zerbrechliche Puppenstuben mit den dazugehörenden Möbeln an.
Der unvergessene Höhepunkt war jedoch ein herrliches Schaukelpferd, das mein Großvater heimlich auf dem Dachboden bastelte. Es war mit echtem Fell überzogen, stabil gebaut und so groß wie ein richtiges Pony. Es hatte nur einen kleinen Fehler: Es war ein Geschenk für meinen jüngeren Bruder.
Herbert wachte eifersüchtig über »sein« Pferd und ich erinnere mich, dass niemand von uns drei Mädchen jemals freiwillig darauf reiten durfte. Aber es gab zahllose Wege, es doch zu tun. Am sichersten funktionierte es mit »Bestechung«. Herbert war ein unverbesserliches Schleckermaul und für eine Tüte Waffelbruch »verkaufte« er nur zu gerne sein Schaukelpferd für einen halben Tag an die »weibliche Übermacht«.
Mein Vater hatte sich im Dorf einen guten Namen als Instandsetzungs-Künstler gemacht. Er reparierte als Schmiedemeister im Dorf einfach alles. Landwirtschaftliche Maschinen, Autos, Motorräder und Fahrräder. Selbstverständlich war er auch für den Hufbeschlag der zahlreichen Pferde im Dorf und der Umgebung zuständig. Elektrische Hausgeräte gab es damals keine. Und so war meine Mutter mit dem Haushalt mehr als ausgelastet. Trotzdem versorgte sie »nebenbei« auch noch das Federvieh, die zwei Kühe, die Schweine mit ihren Ferkeln und die Pferde. Wir Kinder hatten im Räderwerk dieser umfang-

reichen Arbeiten natürlich ebenfalls jedes seine Aufgaben. Über den Erlös der verkauften Schweine oder Gänse konnte meine Mutter frei verfügen. Wir Kinder profitierten von dieser Regelung ebenfalls, indem wir zumeist an Ostern oder Pfingsten völlig neu eingekleidet wurden. Der bewundernde Neid unserer Schulfreundinnen war uns jedenfalls regelmäßig sicher. Vieles schneiderte unsere Mutter auch selber.
Meine Mutter war eine schlanke, große Frau, mit unendlicher Güte und Geduld ausgestattet. Sie war seit ich denken konnte die »geheime« Anlaufstelle für die Sorgen und Nöte der gesamten Familie. Auch unsere beiden Gesellen Gottfried und Otto und sogar der 16-jährige, sonst so schüchterne Schmiede-Lehrling Walter Augstein fanden bei ihr nicht nur eine aufmerksame Zuhörerin, sondern auch eine kluge, mitfühlende Beraterin für ihre Probleme.
Sie selbst redete so gut wie nie darüber, was sie bedrückte oder gedanklich beschäftigte. Manchmal saß sie nur wie eine hingehauchte, dieser Welt weit enteilte Seele in Großvaters mächtigem Sessel und sah still und unbeweglich aus dem großen »Waldfenster« auf die Landschaft hinaus.
Wenn wir Kinder in solchen Momenten gerade lärmend und völlig im Diesseits verwurzelt in die gute Stube stürmten und unsere Mutter so dasitzen sahen, verließen wir augenblicklich und mucksmäuschenstill das Zimmer und verboten jedem, der sie gerade suchte, sie in ihrer Zurückgezogenheit zu stören.
Diese »Auszeit«, die sich meine Mutter manchmal nahm, war für alle in der Familie absolut unantastbar, sie war fast wie eine heilige Institution.
Erst wenn sie nach vierzig, fünfzig Minuten wieder in unser tobendes, lärmendes Hof- und Werkstatt-

leben eintauchte, war sie wieder für jeden ansprechbar und für jeden da.
Trotz der Arbeit in Haushalt und Hof blieb uns Kindern genügend Zeit zum Spielen, Herumtollen und Unsinn machen. Oft war unser Bruder dabei der Hauptleidtragende. In den Sommerferien verbrachten wir fast den ganzen Tag im Wald oder beim Baden im nahen Mühlensee. Eine kleine Insel auf dem See wurde jedes Jahr von seltenen Schwarzstörchen und verschiedenen Reihern bevölkert. Der Mühlensee war ein herrlicher Ort, um Tiere zu beobachten oder bis spät abends zu baden und selbstgefangene Fische zu grillen.
Auch das fast bis in die Dorfmitte reichende Moor im »Höllental«, das durch die beiden Schlachten bei Tannenberg 1410 und 1914 zu einem gewissen Ruhm gekommen war, wurde zu einem bevorzugten Abenteuerspielplatz für alle Kinder im Dorf. So mancher alte Lanzenschaft, verrostete Stahlhelm oder ein Teil eines Reitersporns wurde von uns dort gefunden und als »einmalige Trophäe« an einem geheimen Ort als Tauschobjekt gebunkert. Ebenso begehrt war der zugefrorene Mühlbach, die Maranse, auf der wir im Winter Schlittschuh liefen und im Sommer Krebse und Aale fingen. In den umliegenden Mooren und Feuchtwiesen gab es Störche, Frösche, Ringelnattern, Kreuzottern und zahllose heute selten gewordene Blumen, Pflanzen, Vögel und Insekten. Die Störche hatten im Dorf fast auf jedem Kamin ihr Nest.
Ein besonderer Spaß war es, wenn Großvater zwei Pferde anspannte und wir zusammen mit den Kindern im Dorf unsere Schlitten aneinander reihten und durch die weite, weiße Landschaft gezogen wurden.

Manchmal waren es über 15 Schlitten, die sich wie ein langer, lärmender Wurm durch die glitzernden Schneefelder wanden.
Oft ritt ich nach der Schule im Sommer und Herbst mit meiner sanften Trakehnerstute »Isolde« hinaus in die »Seewalder-Heide« zum Träumen oder Traurigsein. Am Kreuzweg von Seewalde nach Thymau gab es zwischen einigen Birken und einem leise dahinmurmelnden Bach einen idealen Platz dafür.
Schier endlos schien sich hier über den erikafarbenen und braungrünen Weiten ein blauer, horizontloser Himmel zu spannen. Dieses wunderschöne Bild wurde in seiner zeitlosen Ruhe nur manchmal durch von im Wind pendelnden Grashalmen und dem schnell verhallenden Gesang der Lerchen gestört. Wie oft lag ich hier alleine im Gras, wenn ich Kummer hatte oder mit meiner Schulfreundin Anna, wenn wir im Schatten der Birken heimlich unsere Liebesromane lasen und gemeinsam unsere noch geheimeren Sehnsüchte ins ferne Königsberg oder Danzig auf die Reise schickten, in denen die angebeteten Hauptakteure der Romane zumeist lebten …
Eine riesige Fliederhecke, die schon mein Urgroßvater hinter dem Hof als grüne Grenze zu den Feldern angepflanzt hatte, war im Frühling und Sommer immer voller Leben. Als Nistplatz für Amseln und Buchfinken, aber auch als Versteck für die Kinder, als willkommener Blumenlieferant für die »gute Stube« und als beliebter Treffpunkt für Liebespaare gab es keinen geeigneteren Ort in unmittelbarer Dorfnähe. Eine kleine Holzbank lud zum Verweilen und für sehr bedeutende Zukunftsgespräche frisch Verliebter ein.

Natürlich wurden mindestens 90 Prozent dieser »schicksalhaften« Gespräche und Schwüre von kichernden und neugierigen Gören oder frechen Rotzlümmeln belauscht. Die verkauften ihr »Geheimwissen« dann meistens prompt an noch neugierigere Jugendliche oder deren Eltern.
Es war ein »Skandal«. Man kann also getrost sagen, dass unsere Fliederhecke auch ein Ort sich anbahnender Geldgeschäfte war.
Heute sind weder die Hecke noch die kleine Bank mehr vorhanden. Als ich nach über 30 Jahren vor dem leeren Platz stand, dachte ich wehmütig an Anna und ihren Georg, ihre große Liebe. Oft saßen sie hier Händchen haltend und im Glück vereint. Und ich stand vor der Hecke und hielt Wache, damit ja kein ungebetener Gast vorbeikam. Georg wurde mit 18 Jahren eingezogen und fiel schon drei Tage später östlich von Memel.
Auch ich saß hier oft und dachte nach. Den süßen Duft der doppelblütigen Fliederdolden in der Nase und die unglaublichsten Hirngespinste im Kopf.
Wenn ich an Zuhause denke, dann sehe ich aber auch die alte Lindenallee zum Bahnhof oder nach Tannenberg vor mir. Wie ein hoher, grüner Dom, dessen dichtes Blätterdach keinen Sonnenstrahl, aber auch keinen Regentropfen auf den Boden fallen ließ, wand sie sich durch die Landschaft. Auch heute ist diese geteerte Straße nur schmal und kaum befahren. Im Schatten und Schutz dieser prachtvollen Allee fuhr ich so oft zur Schule, kam nach Hause und fuhr oder ging wieder aus Mühlen hinaus, irgendwo hin und wieder zurück, dass mir diese Allee bis heute wie »mein Weg« vorkommt. Sie war meine Verbindung, die mich in die »Welt« hinausbrachte, fort von Zu-

hause, richtungsweisend vor meiner Flucht und einmal zu wenig wieder zurück führte.

Die gelben Kornfelder, die zwischen den dicken, schwarzen Baumstämmen durchschimmerten und die dunkelgrünen, erdig duftenden Wälder, durch die sie führte, sind teilweise noch heute vorhanden und sie schienen nur darauf zu warten, mich nach so langer Zeit wieder begrüßen zu können. So, als hätten sie jahrzehntelang auf mich gewartet.

Aber als ich mit offenen Armen und offenen Sinnen durch die schattigen Hallen ihrer scheinbar endlosen grünen Perspektiven ging, hörte ich plötzlich überdeutlich eine leise, aber bestimmt klingende Stimme in mir rufen: »Wach endlich auf! Es ist vorbei, für immer vorbei!«

Die alte Mühle an der Maranse war ein wichtiger Ort für die Abgabe des Getreides oder den Erwerb von Mehl. Heute steht die Mühle zwar teilweise noch, aber das mächtige hölzerne Wasserrad, das den Mühlstein antrieb, ist leider verschwunden. Genauso wie das Dorfgasthaus, wo die zahllosen Feste gefeiert wurden und das Gemeindehaus, in dem die kleine Politik in unserer noch kleineren Welt bestimmt wurde.

Ein großes, bedeutendes Ereignis für die Familie war das einmal im Jahr stattfindende Schlachtfest.

Nachdem der Fleischbeschauer das ausgesuchte Schwein inspiziert hatte, kam der Metzger auf den Hof zum Schlachten, Zerteilen und Wurstmachen. Es waren immerhin stets an die fünf bis sechs Zentner Fleisch zu verarbeiten. Danach gab es Kesselfleisch, Schinken wurden geräuchert, gepökelt, in Gläsern eingemacht und Würste in jeder erdenklichen Geschmacksrichtung erzeugt.

Überhaupt wurde in Mühlen sehr oft gefeiert. Ein Anlass ließ sich dafür immer finden. Es gab genügend Vereine und genügend Ideen. Und so hatte das Jahr zahllose Höhepunkte. Leider wurde bei diesen Anlässen vor allem von der männlichen Dorfbevölkerung auch gesoffen, was das Zeug hielt. Wassergläser waren die damaligen masurischen »Schnapsstumpen«.

Der Schnaps war billig und viele brannten sich ihre Rationen auch selber.

Jede Woche hat unsere Mutter genau acht Brote gebacken. Eines wog so um die sechs Pfund. Ich erinnere mich noch daran, wie unglaublich sie schmeckten. Ich habe nie wieder solch ein Brot gegessen.

Auch bei Gerda, der Schwester von Hans Hellmut Kirst, hielten wir uns wegen einer Schaukel, die zwischen zwei Fichten hing und ganz besonders wegen der reichlichen Süßigkeiten, die wir dort regelmäßig bekamen, besonders gerne auf. Hans Hellmut war sechs Jahre älter als ich – und einmal bekamen Margot und ich diesen Altersunterschied durch eine Tracht Prügel auch schmerzlich zu spüren. Meine jüngste Schwester und ich »probierten« ein wenig an seinem supermodernen neuen Plattenspieler herum. Leider war nach unseren Experimenten die Abspielnadel nicht mehr zu gebrauchen.

Es gab noch viele heitere, kuriose oder nachdenkliche Erlebnisse in meiner Kindheit, an die ich mich gerne erinnere. Es war sicherlich der glücklichste Abschnitt in meinem ereignisreichen Leben. Bis auf eine Ausnahme, als sich der so genannte »Ernst des Lebens« leider auch bei mir viel zu früh vorstellte. Eine Woche vor meinem zehnten Geburtstag erlebte ich zum ersten Mal in meinem noch jungen Leben

hautnah mit, was Sterben und die Trauer um einen geliebten Menschen bedeuteten.
Meine Großmutter Karoline saß an einem warmen und sonnigen Märznachmittag mit mir in der guten Stube und erzählte mir, während sie an einem Pullover strickte, von einem lustigen Erlebnis mit Großvater, als sie vor einigen Jahren gemeinsam zum Einkaufen in Allenstein waren.
Noch während sie leicht versonnen und lächelnd darüber erzählte, fing sie plötzlich schwer zu atmen an. Bald ging ihr Atmen in ein heftiges Röcheln über, sie wurde tief rot im Gesicht und fiel, als sie aufstehen wollte, nach vorne kippend aus dem tiefen Ohrensessel auf den Boden. Ich wusste vor lauter Panik gar nicht, was ich tun sollte.
Als ich sie vorsichtig mit zitternden Händen umdrehte, starrten mich bereits ihre offenen, toten Augen starr an. Ich lief laut schreiend zu meinem Vater in die Schmiede und zerrte ihn wie von Sinnen und zu keiner weiteren Erklärung fähig ins Haus.
Meine Großmutter hatte einen Asthmaanfall erlitten und war vor meinen Augen erstickt.
Fast das gesamte Dorf nahm an der Beerdigung teil. Großvater war wochenlang nicht ansprechbar. Er verkroch sich oft in irgendwelchen Winkeln, wo ihn kaum wer fand. Es war meine Aufgabe, ihn zu den Essenszeiten zu suchen und an den Tisch zu begleiten.
Oft saß er nur schweigend am Tisch und aß kaum einen oder zwei Bissen. Der vorher schon recht stille und in sich gekehrte Mann verstummte fast völlig für über vier Monate.
Nichts und niemand konnte ihn in dieser Zeit aus seiner Trauer befreien. Erst allmählich schloss er sich

dem Leben in der Familie und dem Dorf wieder an. Aber die stille Heiterkeit, seine lausbübische Verschmitztheit, waren mit Großmutters Tod ebenfalls gestorben.
Meine Schulzeit bei unseren Dorflehrern Gunia und Hartmann verlief eigentlich relativ friedlich und ohne größere Probleme. Anders wurde es erst, als mich meine Eltern auf die ungeliebte Mittelschule nach Hohenstein schickten.
Das einzig Positive dabei war, dass ich die wirklich lästige Aufgabe los wurde, auf meine jüngeren Geschwister aufzupassen. Die drei hatten mich manchmal wirklich unglaublich genervt und mich in meinem unstillbaren Freiheitsdrang erheblich eingeengt. Aber von nun an musste ich jeden Tag mit dem Zug fahren und von der Bahnstation einen langen Weg zu Fuß nach Hause oder zur Station laufen. Ab November war das besonders unangenehm, denn die Winter in Ostpreußen begannen früh und waren sibirisch kalt. Oft gab es meterhohe Schneeverwehungen. Die Wege waren selten bis nie geräumt. Erfrierungen an Händen und Füßen blieben nicht aus.
Ich muss gestehen, dass ich nur eine mittelmäßige Schülerin war. Nur im Zeichnen und Malen leistete ich etwas Besonderes. Das fand zumindest mein Zeichenlehrer, der mich förderte und nach Königsberg auf die Kunstakademie schicken wollte. Sogar ein Stipendium wurde mir zugesagt und ich war absolut begeistert. Von mir und der Aussicht, in dieser tollen, einzigartigen Stadt leben zu dürfen.
Aber mein Traum von der großen Freiheit zerplatzte wie eine Seifenblase am Unverständnis meiner Eltern, die ihre Einwilligung zu meiner »Malerkarriere« nicht geben wollten. Sie glaubten, dass ich in

dieser großen Stadt nur unter die Räder kommen würde.

Es war das erste und einzige Mal, dass ich mich von ihnen völlig unverstanden und ungerecht behandelt fühlte.

Nach der Schulzeit stellte sich also die zwingende Frage, was ich werden wollte oder werden konnte. Außer Malerin. Eine besondere Auswahl gab es damals für Mädchen oder Frauen nicht.

Ein Vertreter für Singer-Nähmaschinen beschwatzte an einem heißen Julitag, an dem ich lustlos und etwas deprimiert zu Hause brütete, meine Mutter. Er war ein sehr charmanter, gut aussehender Mann, der reden konnte wie ein Wasserfall. Er überredete mich im Beisein meiner ständig kopfnickenden Mama dazu, Köchin zu werden. Ich sollte im berühmten »Tannenberg-Krug« eine Lehre machen. Er kannte den Hotelbesitzer recht gut und lobte diesen in den höchsten Tönen.

Um mich endlich von den »Schürzenbändern« der Familie lösen zu können, stimmte ich den sicherlich bereits jahrelang bewährten Überredungskünsten des Vertreters zu. Schon zwei Tage nach diesem denkwürdigen Vertreterbesuch stellte ich mich im Hotel »Tannenberg-Krug« vor und wurde prompt als weiblicher Kochlehrling genommen.

Das Tannenberg-Denkmal bei Hohenstein wurde jedes Wochenende von Tausenden von Menschen besucht. Omnibusweise wurden die Massen herangekarrt. Militärs, Touristen, Einheimische, Neugierige, Ausflügler, alles drängte und schob sich vor und im Hotel. Es war praktisch während der gesamten Sommersaison von freitags bis sonntags immer gerammelt voll.

Der Massenandrang übte auf alle, die mit der Betreuung der Bewirtungsgäste zu tun hatten, einen permanenten Druck aus, der sich oft in kleineren Streitereien einen Ausgleich suchte. Manchmal aber kam es auch vor, dass sich die aufgestauten Emotionen durch die hechelnde Hektik auf der riesigen Terrasse, im Gastraum oder in der Küche mit einer handfesten Konfrontation entlud, ohne dass es eines wirklich erwähnenswerten Anlasses bedurft hätte. Die Personalfluktuation im »Tannenberg-Krug« war jedenfalls erheblich.
Für mich war es eine ungeheure Umstellung, vom idyllischen und beschaulichen Mühlen in diesen brodelnden, hektischen »Kochtopf der großen Welt« geworfen zu werden.
Gesichtermeere, dichtgewebte Stimmenteppiche, oberflächlich mitbekommene Schicksale, Freude, Tränen, Alltagsszenen und dicht daneben menschliche Dramen und das alles im fast täglichen Wechsel. Diese Eindrücke wirkten massiv auf mich ein und ich drohte in all diesen fremden, neuen Eindrücken hoffnungslos zu ertrinken.
Dazu kam, dass der Wirt ein unverhohlenes Interesse an mir entwickelte. Seine vermutlich rein hormonell gesteuerten Nachstellungen, die für mich genauso Neuland waren wie alles andere um mich her, geschahen oft unvermittelt zwischen Küche und Schankraum, beim Spülen oder Bettenmachen, beim flüchtigen Vorbeigehen oder beim Weinholen im Keller. Natürlich entgingen diese erotischen Angriffe auf meine ländliche Unschuld auch seiner herrschsüchtigen Frau nicht.
Schon vorher hatte es immer wieder kleinere Reibereien gegeben. Ich war ihr zu langsam, zu verträumt,

zu wenig geschäftstüchtig und was weiß ich noch alles.
Als ich meinen ersten Rührkuchen backen musste, saß ich neben dem Fenster in der großen, blitzblank gescheuerten Küche, warf ab und zu einen interessierten Blick hinaus auf das wogende Leben draußen auf dem Parkplatz und rührte meinen süßlich duftenden Kuchenteig lustlos in einer mächtigen Steingutschüssel.
Es war wohl ein Gesetz der damaligen Gesellschaftsordnung, das sich nun seinen konventionellen Weg bahnte. Plötzlich flog die Küchentüre auf und die Chefin schrie mich mit überschnappender Stimme an, dass ich mich gefälligst mehr um meinen Kuchen kümmern solle und nicht um das, was draußen auf der Terrasse und auf dem Parkplatz vor sich ging. Eine unkontrollierte, heiße Welle der Empörung schwappte in mir hoch. Ich stand wütend auf, ging wortlos auf sie zu und warf die volle Steingutschüssel mit Schwung auf den makellos sauberen Küchenboden. Das Zerplatzen der Schüssel und die explosionsartige Verteilung des Rührteigs in der Küche taten mir absolut gut. Die verhasste »Gesellschaftsordnung« konnte mir gestohlen bleiben!
Dann stürmte ich auf mein Zimmer und rief meinen Vater an, er solle mich sofort von hier abholen, ich würde keine einzige Stunde mehr hier bleiben. Ich war aufgewühlt, empört und aufs Äußerste gereizt. Mein Vater war ganz aufgelöst, fragte aber zu seinem Glück nicht weiter und versprach, mich sofort abzuholen.
Inzwischen packte ich wutschnaubend meine Sachen in einen alten, verschlissenen Koffer. Nur mit der eigenen Bettdecke und dem Kopfkissen, die ich von zu

Hause mitgebracht hatte, wusste ich nichts anzufangen. Die hatten nirgendwo Platz!
Es dauerte nicht lange, bis mein Vater mit dem Motorrad angeknattert kam. Um mit dem Bettzeug und dem Koffer nicht durchs Lokal gehen zu müssen, warf ich alles einfach aus dem Fenster. Mein Vater fing die Sachen unten auf der Straße auf. Dann stolzierte ich so arrogant und stolz wie möglich an den verdutzten Hotelbesitzern und meinen Kollegen vorbei in den Hof, auf dem mein Vater schon mit laufendem Motor auf mich wartete.
Es stellte ein massives Problem dar, mich, den Koffer und das Bettzeug auf dem Motorrad unterzubringen. Aber irgendwie schafften wir es. Wir mussten für jeden Betrachter wahrscheinlich ein sehr merkwürdiges Bild abgegeben haben.
Die Fahrt nach Mühlen verlief schweigend. Ich hatte auch alle Hände voll zu tun, dass mir bei der rasanten Geschwindigkeit von 60-70 km/h die Bettdecke nicht davonflog oder der große Koffer von den Knien rutschte.
Mein Vater hatte sich das Kopfkissen vor die Brust geschoben und zwängte die widerspenstigen Ecken hartnäckig mit dem Kinn nach unten. Und so knatterten wir zwischen den alten Linden der langen Allee bis nach Mühlen dahin und jeder hing seinen Gedanken nach. Obwohl sich schon nach ein paar hundert Metern Zweifel und ein schlechtes Gewissen in mir breit zu machen begannen, überwog doch den größten Teil des Weges ein Gefühl der Erleichterung. Ich hatte im »Tannenberg-Krug« zwar meine Kenntnisse im Kochen vertieft und ein bisschen etwas über das Wirtschaften, Bedienen und den Umgang mit Gästen gelernt, aber glücklich und zufrieden war ich

dort nie. Ich kam mir von Anfang an wie ein kleines, unwichtiges Rädchen in einer großen Maschinerie vor. Es gab Tage, an denen es in zwei Stunden mehr Demütigungen zu schlucken gab als in meinem ganzen bisherigen Leben in der Abgeschiedenheit unserer kleinen, überschaubaren Welt in Mühlen.

Zu Hause angekommen, erzählte ich der schon neugierig versammelten Familie natürlich meine persönliche »Tragödie«. Und alle hatten sie das vollste Verständnis für meinen abrupten Abgang.

Meine jüngere Schwester Margot versicherte mir sogar glaubhaft, dass sie unbedingt noch »einen draufgesetzt hätte« und mein Vater meinte ziemlich stolz, dass man sich schließlich nicht alles gefallen lassen dürfe. Man müsse am Morgen noch in den Spiegel sehen können, ohne dass es einem schlecht würde. Meine Mutter tröstete mich, indem sie mir voller Überzeugung erklärte, dass Mädchen sowieso einmal heiraten würden und daher keinen festen Beruf erlernen müssten und mein Bruder Herbert meinte nur wortkarg, doch überzeugend: »Recht so, Schwesterchen!« Dann klopfte er mir anerkennend auf die schmalen Schultern.

Ich wusste dieses verständnisvolle Zu-mir-Stehen in meiner Lage sehr zu schätzen.

Ich lag also wieder in den starken, warmen und beschützenden Armen meiner Familie, aus denen ich mich vor einigen Monaten gar nicht schnell genug hatte »befreien« können. Aber immerhin: Ich hatte erste wertvolle Erfahrungen »da draußen« gesammelt.

Nach einigen Wochen des Trostes und der Erholung von meinem gescheiterten Ausflug aus dem »Familiennest« nahm ich gedanklich einen erneuten An-

lauf, um die Welt außerhalb der engen Mühlener Dorfgrenzen und der vertraut langweiligen Zeitabläufe zu Hause kennen zu lernen.
Damals wurde in Ostpreußen gerade das so genannte »Pflichtjahr« eingeführt. Man konnte es aber mehr freiwillig als pflichterzwungen absolvieren. Es diente der Vorbereitung auf einen meist landwirtschaftlichen oder haushaltsorientierten Beruf. Auch die Bauern und Gutsbesitzer profitierten von der Einführung dieses Jahres. Ein geringer Lohn, Verpflegung und freies Wohnen waren die Gegenleistung.
Es gab viele Rittergüter und Adelssitze in der damaligen Kornkammer des Reichs. In ganz Ostpreußen verteilten sich diese Güter und natürlich gab es auch eines in unserer unmittelbaren Nähe. Ich war nach knapp drei Wochen des Nichtstuns fest entschlossen, mein Pflichtjahr auf diesem Gut zu absolvieren. Drei bis vier Kilometer von Mühlen entfernt befand sich das stolze »Wernitz-Gut« in Thymau.
Es war über 5000 Morgen groß, hatte zusätzlich einen eigenen, ausgedehnten Wald, den dazugehörenden Förster, zwei Gärtner, einen Melker, Verwalter, eine eigene Brennerei wie üblich, Fischrechte am Mühlensee und Instleute (dienstabhängige Landarbeiter), die gegen ein Deputat und eine bescheidene Bezahlung arbeiteten. Dazu gehörte noch ein kleineres Nebengut, das der Sohn der Familie verwaltete. Ein Chauffeur für den sechssitzigen, mächtigen Horch versorgte auch die natürlichen PS des Gutes, die zahlreichen Reitpferde, die vor allem dem hohen Herrn, dem Gutsbesitzer, gehörten. Er war Oberstleutnant der bekannten »Schwarzen Husaren«. Zum Hauspersonal gehörten ein Diener, zwei Stubenmäd-

chen, eine Köchin und zwei Jungköchinnen. Eine davon wurde ich.
Wichtig für mich war, dass ich die Gutsbesitzer und zum größten Teil auch das Personal seit langem kannte. Und so war mein erneutes »Abenteuer« immerhin keines in der Fremde.
Die Mutter der Gutsbesitzerin, eine Frau von Wernitz, wurde mit »Exzellenz« angesprochen. Zahlreiche, vor allem adelige Schüler und Schülerinnen kamen nach Thymau, um von unserem Schwarzen Husaren das Reiten zu lernen. Und wie ich heute weiß, nicht nur das.
Ich selbst lernte dort von der Pieke auf das Kochen und Hauswirtschaften. Außerdem hatte ich regelmäßig die beiden Iltisse zu versorgen, die für die Hasen- und Kaninchenjagd abgerichtet waren.
Zuverlässig wie ein Schweizer Uhrwerk verrichteten sie ihre blutige Aufgabe. Wenn sie einmal die Fährte eines Jagdtieres aufgenommen hatten, dann kamen sie hundertprozentig mit ihrer Beute zurück.
Es war eine wunderschöne, abwechslungsreiche Zeit, die ich auf dem »Wernitz-Gut« verbrachte. Mit dazu beigetragen hatte ein junger Unteroffizier, den ich mit zarten 16 Jahren im Pferdestall kennen lernte. Ich glaube, er war meine erste wirklich große Liebe. Er zeigte mir von Anfang an sehr deutlich, dass ich ihm gefiel. Bei mir war das leider etwas anders. Vor lauter Zurückhaltung, Schüchternheit und anderem anerzogenen Schwachsinn tat ich mich sehr schwer, ihm offen zu zeigen, was auch ich für ihn empfand. Kurt Zerulla hieß »mein Soldat« und kam aus Tapiau.
Nach einigen Monaten, in denen er intensiv um mich warb, musste er wieder zu seiner Einheit zurück. Es

entwickelte sich ein reger Briefwechsel zwischen uns. Aber auch in dieser Verbindung wusste ich anfangs noch nicht so recht, wofür ich mich entscheiden sollte.
Irgendwann ging ich während meines Pflichtjahres auch noch zum BdM (Bund deutscher Mädchen) und wurde dort schon bald Scharführerin. Ich war mächtig stolz auf mich. Das Pflichtjahr ging leider viel zu schnell zu Ende und ich musste mich endgültig entscheiden, was ich machen wollte.
Um ungestört und ohne Unterbrechungen einen Beruf zu erlernen, meldete ich mich freiwillig zum Arbeitsdienst. Es hieß damals, wer sich freiwillig meldete, kann seinen Standort selber auswählen. Und da hatte ich einen Wunsch, der mir fast Angst machte, der mir aber immer wieder hartnäckig in den Sinn kam.
Meine Mutter hatte im Ersten Weltkrieg einmal ihren ältesten Bruder in einem Lazarett in München besucht. Sie war begeistert von dieser Stadt und erzählte mir fast träumerisch davon, wie schön es dort war. Ich wollte, nein ich musste auch dorthin!
Doch es kam alles ganz anders. Von wegen freie Standortwahl, von wegen »große Welt«! Man orderte mich nach Groß Klingbeck, nördlich von Gumbinnen, in der weiteren Umgebung von Königsberg.
Immerhin, so weit weg von zu Hause war ich noch nie und das »Groß« hatte ich damit ebenfalls erreicht. Zu meinem Traum fehlte also nur noch eine Kleinigkeit: Die »Welt«.
Wir wurden in einer etwa 800 Jahre alten Burg untergebracht. Die Besitzer, eine Familie von der Groeben, lebten ebenfalls in diesem uralten Ge-

mäuer. Für uns waren sie aber fast unsichtbar, wir hatten kaum Kontakt zu ihnen.
Die Arbeitsdienstzeit begann im April 1938 und endete im Oktober des gleichen Jahres. Diese knapp sieben Monate in Groß Klingbeck waren zwar durchaus interessant, aber einen Beruf erlernte ich dort ebenfalls nicht. Ich hatte viel Freizeit und verbrachte diese mit einigen Freundinnen oft in Königsberg. Mit 20 Pfennig, die wir pro Tag bekamen, konnte man in der attraktiven Stadt allerdings keine großen Sprünge machen.
Als ich Ende Oktober wieder nach Hause kam, war ich ziemlich deprimiert. Ich wollte endlich etwas Vernünftiges lernen und das zugleich, wenn möglich, außerhalb Ostpreußens. Denn »die Welt dort draußen« kannte ich nur aus Büchern und Erzählungen. Diese jedoch hatten im mir ein Fernweh erzeugt, das mich schon lange nicht mehr zur Ruhe kommen ließ. In immer kürzeren Abständen peinigte mich ein Gefühl, wie auf einer Insel zu leben und vom wirklichen Dasein total abgeschnitten zu sein.
Eine Cousine meiner Mutter lebte in Benrath, im Rheinland. Über diese Cousine erhielt ich schließlich die Gelegenheit, eine kaufmännische Bürolehre in einem Press- und Walzwerk in Düsseldorf anzutreten. Ich war absolut selig, meine Eltern weniger. Meine Mutter klärte mich noch einmal eindringlich über die großen Gefahren und heimtückischen Schlechtigkeiten der Großstadt im Allgemeinen auf. Als Mitte November 1938 schon der erste Schnee auf den Feldern und Wiesen zu Hause lag, trat ich meine erste große Reise ins ferne Großdeutsche Reich an.
Ich wurde freundlich bei einer Familie Turk in Düsseldorf aufgenommen. Auch die Büroarbeit sagte

mir zu, ich hatte Spaß an der Arbeit. Abends und am Wochenende half ich im Haushalt meiner Gastfamilie natürlich mit. Herr Turk war Prokurist in den »Rheinischen Metallwerken«.
Schon nach wenigen Wochen hatte ich mich in der fremden Umgebung gut eingelebt. Das schrieb ich auch nach Hause. Und dieser Brief war wie ein Startschuss für meine Schwestern.
Es dauerte kein halbes Jahr, bis meine Schwester Erna nach Düsseldorf ging und dort bei einer Bekannten als Hausgehilfin arbeitete. Unser Nesthäkchen Margot »wanderte nach Berlin aus« und lernte in der »Yucca-Gesellschaft« Bürokauffrau.
Doch schon bald gingen hartnäckige Gerüchte durch die Bevölkerung, dass es bald Krieg geben würde. Am 31. August 1939 war es dann tatsächlich so weit, als Hitler den Befehl gab, in Polen einzumarschieren. Der Zweite Weltkrieg hatte begonnen.
Welch unvorstellbare Gräuel er uns allen bringen würde, ahnte zu diesem frühen Zeitpunkt natürlich keiner von uns.
Als der Krieg ausbrach, befanden sich Erna und ich noch im Rheinland und Margot in Berlin. Meine Lehre in Düsseldorf konnte ich fast bis zum Ende fortsetzen, wenn es ab 1941 wegen der Bombenangriffe auch auf unser Werk immer problematischer wurde.
Zu Hause in Ostpreußen bei meinen Eltern und Großeltern war es bis 1940 noch relativ ruhig. Aber auch hier änderte sich das Bild schon bald.
Ende 1940 wurden mein Vater und mein Bruder eingezogen. Beide mussten an die Ostfront.
Als ich an einem diesigen Morgen im Oktober 1942 wie an jedem Tag mit dem Fahrrad in die Arbeit fuhr,

gab es plötzlich Fliegeralarm. Ich hätte nur noch 400 bis 500 Meter zu radeln gehabt. Am trüben Himmel war nichts zu sehen. Vorsichtshalber verließ ich jedoch wie alle anderen die Straße, stellte mein Fahrrad an einer Hauswand ab und lief in das Wartehäuschen einer nahen Busstation. Einen offenen Kellereingang konnte ich auf die Schnelle nicht finden. Zwei Kinder zwischen zehn und zwölf Jahren, eine junge Frau und ein etwa 50-jähriger, krank aussehender Mann drückten sich dort bereits dicht an die Wand. Eine halbe Minute später dröhnten die Motorengeräusche zahlreicher Bomber durch die Luft, kurz darauf erfolgten die ersten Detonationen. Zuerst scheinbar relativ weit weg, aber schon nach wenigen Sekunden stürzten Häuserwände im ohrenbetäubenden Bombenhagel dicht neben uns ein. Mein Fahrrad, das eben noch knapp hundert Meter von mir entfernt an einer Hauswand gelehnt hatte, lag zwei Minuten später unter einem meterhohen Trümmerfeld.

Als das jüngere der beiden Kinder neben mir vor Angst bebend und laut schreiend aus dem Wartehäuschen rannte, lief die junge Frau sofort hinterher. Sechzig, siebzig Meter von uns entfernt explodierte eine Bombe und zerriss die Frau und das Kind in sämtliche Bestandteile.

Arme, Beine, Kopf und Rumpfteile waren in verschiedene Richtungen verteilt worden. Das zurückgebliebene andere Kind, der Mann und ich wurden von einer unglaublichen Druckwelle gegen die Reste des hinweggefegten Wartehäuschens gedrückt, dass ich dachte, wir würden durch ein Sieb passiert.

Ich war wie gelähmt, das Entsetzen versteinerte mich vollkommen, kein einziger Schrei löste die Starre. Ich hatte noch nie etwas derart Schreckliches erleben müssen. Tagelang konnte ich nichts tun außer weinen.

Einige Monate später mussten wir fast täglich in den Keller, Bombenteppiche detonierten über uns, die Städte zerfielen und die Menschen starben in Massen.

In dieser schlimmen Zeit erhielt ich einen völlig unerwarteten Brief, den mir meine Mutter aus Mühlen nachschickte. Von Kurt Zerulla. Es war schon fast ein Jahr her, dass er mir das letzte Mal geschrieben hatte.

Er beteuerte überschwänglich, dass er mich noch immer liebe und gab etliche Probleme vor, die ein zwischenzeitliches Schreiben verhindert hätten. Männer. Ich glaubte ihm kein Wort. Auf seinen Brief antwortete ich nicht, auch nicht auf die nächsten, die noch kommen sollten. Ich war enttäuscht von ihm, absolut enttäuscht.

Er musste sich schon enorm anstrengen, um mein Vertrauen wieder zu gewinnen.

Die Bombenangriffe in Westdeutschland wurden immer heftiger, und als einer der beiden Söhne der Familie Turk eingezogen wurde und kurz darauf fiel, entschloss ich mich, wieder nach Ostpreußen zurückzukehren.

Erna, zu der ich guten Kontakt hatte, wollte noch in Düsseldorf bleiben. Sie hatte höchstwahrscheinlich ein Techtelmechtel mit dem Sohn ihrer Gastgeberfamilie. Ihr letzter Brief hatte mich dies schon vermuten lassen.

Einen Tag vor meiner geplanten Heimreise klingelte es am frühen Nachmittag an der Haustüre. Ich traute meinen Augen kaum, als ich die Türe öffnete

Kurt stand vor mir, grinste mich müde an und sagte in einem Ton, der keinen Widerspruch zuließ: »Pack sofort deine Sachen zusammen, ich habe Kurzurlaub und bringe dich heim.«
Ich war unglaublich froh, ihn so unvermutet zu sehen. Meine Koffer waren bereits gepackt und Kurt machte mir eindringlich klar, dass wir sofort aufbrechen müssten. Wir machten uns unverzüglich auf den Weg. Die Zeit drängte, da wegen der ständigen Luftangriffe kaum noch Züge fuhren. Und die wenigen, die fuhren, waren hoffnungslos überfüllt. Trotzdem gelang es uns, noch einen dieser Züge nach Berlin zu bekommen. Die Menschen hingen während der Fahrt in Trauben auf den Trittbrettern oder lagen dicht gedrängt auf den Waggondächern. Wir standen mitten in den Menschenmassen auf einer zugigen Plattform zwischen zwei Waggons. Ein fast luxuriöser Platz. Aus Sicherheitsgründen fuhren wir erst in der Nacht ab.
Bis nach Berlin blieb unser Zug von Angriffen verschont. Aber es dauerte über acht qualvolle Stunden, bis er endlich im Schlesischen Bahnhof einrollte. Wir waren völlig geschafft. Kurt kümmerte sich rührend um mich.
Von hier aus mussten wir umsteigen in Richtung Königsberg. Der Zug in die preußische Heimat war ebenfalls total überfüllt. Aber hier bekamen wir wenigstens noch einen »Sitzplatz« auf dem Gangboden eines Waggons. Eine Nacht und einen ganzen Tag verbrachten wir in der erstickenden Enge des Zuges, bevor wir weiterfahren konnten.
Mein Vertrauen und meine Zuneigung zu Kurt nahmen fast stündlich zu. Wir benahmen uns im Verlauf der Fahrt immer mehr wie ein turtelndes, verliebtes

Paar, um das die Menschen dicht gedrängt herumstanden und nur verständnislos die Köpfe schüttelten.
Die Fahrt nach Ostpreußen wurde von ständigen »Sicherheitsmaßnahmen« unterbrochen. Manchmal mussten wir in einem Tunnel abwarten, bis feindliche Bomber weiterflogen oder der ganze Zug verschwand für ein paar Stunden im Schutz eines dichten Waldstücks, bis eine deutsche Panzerabteilung unseren weiteren Weg »frei machte«.
Nach über zwei Tagen ohne Essen und Trinken kamen wir endlich in Mühlen an. Hungrig, durstig, verdreckt und verschwitzt, aber immerhin mit heilen Knochen, was in dieser Zeit wahrlich keine Selbstverständlichkeit war.
Zu Hause waren bis auf meine Mutter alle wohlauf, obwohl es 1943 bereits zu vereinzelten, heftigen Gefechten bis in die Nähe von Mühlen kam. Mein Vater und Herbert kämpften noch an der Ostfront, waren aber am Leben, wie meine Mutter von einem mit einer Verwundung heimgekehrten Landser erfuhr. Mutter klagte schon seit einigen Wochen über ständige Schmerzen im Unterleib. Die ganze Familie machte sich Sorgen. Die Fahrt zu einem Spezialisten nach Allenstein wurde unumgänglich.
Kurt hatte noch eine Woche Urlaub und nur einen Tag nach unserer geglückten Ankunft in Mühlen hielt er bei meinen verdutzten Eltern um meine Hand an. Wir verlobten uns noch während seines Kurzurlaubs. Die wenigen Tage, die wir gemeinsam in Masuren verbrachten, gehören mit zur schönsten Zeit meines Lebens in Ostpreußen. Die Stunden und Tage verflogen wie im Rausch, dem leider viel zu schnell die Ernüchterung folgte.

Als Kurt zu seiner Einheit zurück musste, hatte ich wieder mehr Zeit um nachzudenken. Und ich musste mir eingestehen, dass ich eigentlich nicht besonders viel von meinem Verlobten wusste. Er war Kaufmann von Beruf und besaß ein Delikatess- und Lebensmittelgeschäft in Goldbach bei Tapiau, das derzeit verpachtet war. Aber das war schon fast alles. Als er nach diesen unvergesslichen fünf Tagen abreiste, fiel ich in ein gewaltiges Stimmungstief. Wir telefonierten fast täglich miteinander, ganz gleich wo er war. Als Funker hatte er mehr Möglichkeiten dazu als andere Soldaten. Unsere Briefe hatten einen Code, der mir immer verriet, wo er gerade war. Für meinen schlechten Seelenzustand sorgte aber nicht nur die Abwesenheit des geliebten Mannes.

Meine Mutter erhielt nach einigen Untersuchungen in Allenstein und einer wochenlangen, nervtötenden Wartezeit schließlich die niederschmetternde Mitteilung, dass sie an Krebs litt und sich weitere Tochtergeschwüre im ganzen Körper ausgebreitet hatten. Es gab keine Hoffnung mehr.

Die ganze Familie litt unter diesem Schock. Sogar die beiden Schmiedegesellen, die noch bei uns waren, schlichen mit besorgten Mienen durchs Haus. Meine Mutter war immer das Zentrum der guten Laune, der Wärme und des Trostes gewesen – für alle, die auf dem Hof lebten.

Ende 1943 erlag sie zu Hause nach monatelangem schmerzvollen Kampf der heimtückischen Krankheit.

Nichts war danach wie zuvor. Mein Vater bekam für die Beerdigung Heimaturlaub, mein Bruder nicht. Ich blieb immer in seiner Nähe, er hatte keinen Lebenswillen mehr. Die Beerdigung endete in einem

Meer von Tränen. Wenigstens musste meine Mutter die nächsten Jahre der unvorstellbaren Gräuel und Dramen nicht mehr miterleben. Für meinen Vater war das zu diesem Zeitpunkt aber sicherlich kein Trost.

Im Januar 1944 schrieb meine Schwiegermutter in spe, ich solle so bald als möglich nach Tapiau kommen. Der Pächter des Geschäfts wäre dem Alkohol verfallen und es ginge alles drunter und drüber.

Ich sollte den Laden übernehmen und wieder in ruhigeres »Fahrwasser« führen.

Kurts jüngerer Bruder Thomas, der auch Kaufmann war, weihte mich in alles ein, was für den Anfang wichtig war.

Als Erstes stand eine umfassende Inventur an. Lebensmittel gab es damals nur auf Marken oder Gutscheine. Die Lebensmittelmarken mussten auf große Sammelbögen geklebt werden. Dafür erhielt man bei den Großhändlern die entsprechende Ware. Zusätzlich wurde alle drei Monate die Steuer gemacht. Es war eine Heidenarbeit, denn ich musste praktisch bei Null beginnen.

Doch ich arbeitete mich schnell ein, der Laden lief schon nach zwei, drei Wochen fast wieder normal und ich gewann allmählich frühere Kunden zurück. Wir waren alle zufrieden. Aber das Schicksal erlaubte damals solche Momente des Verschnaufens und der Zufriedenheit nicht lange.

Inzwischen hatten wir unsere Heiratspapiere eingereicht. Wir wollten im Mai 1944 heiraten, sobald Kurt Urlaub bekam.

Ich glaube, es war Ende April, als ein Gendarm aus Tapiau in den Laden kam und mich mit ernstem Gesicht ansprach: »Kind, ich muss dir eine sehr traurige

Mitteilung machen«, sagte er leise. »Deine Schwiegermutter hat soeben bei mir angerufen.
Ich soll dir ausrichten, dass Kurt vor einigen Tagen an der Front an Fleckfieber gestorben ist.«
Für mich brach eine ganze Welt zusammen. Das Geschäft schloss ich für zwei Tage, ich war nicht mehr in der Lage, weiter zu arbeiten.
Fünf Wochen später gab ich alles auf. Für wen und für was sollte ich noch arbeiten? Kurts Vater starb drei Wochen später an einem Herzinfarkt und sein älterer Bruder Walter, Oberstleutnant, und Rechtsanwalt im bürgerlichen Leben, fiel einige Tage später in Russland. Es war, als hätte sich das Unglück wie eine Seuche bei uns eingenistet.
Kurz bevor ich wieder nach Hause fahren wollte, bekam ich ein Stellenangebot der Firma »Fritz Thyssen«, Haushaltswaren und Heizmaterialien. Ich zögerte lange, bevor ich das Angebot annahm. Meine Hauptaufgabe war die Verteilung und Überwachung der Heizmaterialien sowie die Abrechnung mit dem Landratsamt. Fast ein halbes Jahr arbeitete ich bei Thyssen und führte ein relativ ruhiges Leben in dieser unruhigen Zeit in einer kleinen, gemütlichen Hinterhofwohnung in der Innenstadt von Tapiau. Der »Schwarze Adler«, einst das führende Hotel der Stadt, bot einen verbilligten Mittagstisch an. Da es von meinem Arbeitsplatz nicht weit zum Hotel war, aß ich dort regelmäßig zu Mittag. Tapiau war damals Garnisonsstadt. Es gab Kasernen, viele Soldaten, Lehrgänge der Wehrmacht und zahlreiche Einrichtungen, die hauptsächlich von Offizieren genutzt wurden. Inzwischen schrieben wir Ende 1944.
Zu Hause in Mühlen wurde es zunehmend ungemütlich. Immer wieder drangen polnische Partisa-

nenverbände vor, unterstützt von versprengten Truppenteilen der Roten Armee und richteten verheerende Blutbäder in der Zivilbevölkerung an.
Was mit meinem Vater und meinem Bruder an der Ostfront los war, wussten wir nicht. Wir erhielten seit Monaten keine verlässlichen Nachrichten mehr. Der Krieg tobte immer heftiger und die Russen bombardierten und beschossen uns von Osten und Norden heranrückend fast ununterbrochen. Auch englische Bomber-Verbände kamen immer wieder vorbei, um ihre todbringende Fracht über der Stadt abzuwerfen. Die Front rückte hörbar fast täglich näher. Granateinschläge, MG-Salven und Geschützfeuer drangen immer dichter, immer Furcht einflößender an Tapiaus Stadtgrenzen heran.
Im Dezember 1944 lernte ich im »Schwarzen Adler« einen jungen Arzt aus Troppau, Sudetenland, kennen. Dieser junge Arzt, dessen Namen ich leider vergessen habe, sorgte dafür, dass meine Freundin Ruth Koslovski, ihre Eltern und eine Schwester mit ihren beiden Kleinkindern und ich noch rechtzeitig aus der Stadt kamen. Zumindest bevor uns die Russen völlig eingekesselt hatten. Er trieb einen ausrangierten städtischen Bus auf, mit dem wir im Februar 1945 in den Westen fliehen wollten. Der damalige Gauleiter Koch verteidigte die Stellung trotz der aussichtslosen Situation bis zuletzt. Er ermahnte die Einwohner noch abzuwarten. Inzwischen kam es zu den grausamsten Übergriffen der Roten Armee auf die preußische Zivilbevölkerung. Frauen und Mädchen wurden aufgestöbert, entkleidet und mitten auf der Straße von unzähligen Soldaten vergewaltigt und anschließend auf spitzen Zaunpfählen, die ihnen in die Scheide gerammt wurden, aufgespießt.

Im Gewächshaus in Seewalde wurde einer hochschwangeren Frau, die sich dort versteckt hatte, der Bauch aufgeschlitzt, das werdende Kind herausgerissen, gegen eine Mauer geschleudert und die misshandelte Frau aufgehängt.
Mit eigenen Augen sah ich, wie Babys und Kleinkinder an den Beinen gehalten wurden und ihre Köpfe an Mauern oder auf dem Boden geschlagen wie Melonen zerplatzten und das Gehirn austrat.
Auch der Verwalter des Wernitz-Gutes in Thymau, auf dem ich mein Pflichtjahr absolvierte, fand einen grauenvollen Tod. Russische Soldaten, die das Gut stürmten, fanden in seiner Wohnung eine alte Offiziersuniform aus dem Ersten Weltkrieg. Dem alten Mann wurden deshalb die Finger- und Fußnägel ausgerissen und die Augen ausgestochen, bevor man ihm den Unterbauch aufschlitzte und seine Gedärme aus der Bauchhöhle quollen.
Anderen Bewohnern des Gutes und dem nahen Mühlen wurden Hände und Beine abgehackt. Frauen und Mädchen mit zehn, elf Jahren waren ein beliebtes und alltägliches Opfer für Vergewaltigungen. Anschließend wurden sie meistens auf die unbeschreiblichste Weise gequält, bevor sie endlich im Tod ihre Erlösung fanden.
Ich möchte es ausdrücklich betonen, dass es keine Ausnahme war, wie vor allem die Russen mit Frauen und Kindern umgingen. Es war wie eine Regel, ein festes Ritual. Um die unzähligen Gräueltaten alle zu schildern, könnte man ein eigenes Horrorbuch schreiben. Niemand, der es nicht selbst erlebt hat, kann sich in seinen abartigsten und perversesten Vorstellungen nur annähernd bewusst machen, wozu angeblich »zivilisierte Menschen« fähig sind.

Als dieses albtraumartige Entsetzen Anfang 1945 innerhalb weniger Tage über fast ganz Ostpreußen hereinbrach, gab es für viele in Tapiau kein halten mehr. Kein Gauleiter Koch, keine Wehrmacht, nichts war mehr in der Lage, den panisch aufbrechenden Flüchtlingsstrom einzudämmen.
Ruth Koslovski, damals erst 18 Jahre jung, setzte sich ans Steuer unseres betagten Busses. Am 17. Februar 1945 flohen wir Hals über Kopf mitten in der Nacht aus Tapiau in Richtung Weichsel. Jeder von uns fünf Erwachsenen hatte nur das Allernötigste zusammengerafft, etwas zu essen und Milch für die beiden Kinder gehortet, und los ging die Fahrt.
Ruth hatte mit ihren 18 Jahren zwar noch keinen Führerschein, den gab es 1945 erst mit 21, aber sie fuhr unser antiquiertes Gefährt sicher über fast alle Klippen und Hindernisse, die sich auf dieser abenteuerlichen Fahrt vor uns auftaten.
Wir mussten uns mächtig beeilen, denn von aus dem Hinterland an die Front vorrückenden deutschen Soldaten erfuhren wir, dass die Dirschauer Brücke, über die wir wollten, gesprengt werden sollte, um die Russen aufzuhalten.
Ruth fuhr, was der alte Kasten hergab und wir schafften es tatsächlich gerade noch, über die Weichsel zu kommen, bevor die Brücke in die Luft flog. Nur wenige Stunden nachdem wir die Brücke überquert hatten, erfolgte die Sprengung.
Der Winter im Februar 1945 war bitterkalt. Minus 26 Grad Celsius waren keine Seltenheit und wir froren erbärmlich, denn die Heizung im Bus funktionierte von Anfang an nicht.
Kurz nach der Dirschauer Brücke übernachteten wir im Schutz eines Wäldchens im eiskalten Bus. In der

Nacht hörten wir Schüsse und MG-Geknatter. Wir dachten, es wären unsere Soldaten vom Volkssturm. Erst am anderen Morgen, als wir das nächste noch teilweise bewohnte Dorf erreicht hatten, erfuhren wir, dass die Russen den Wald bereits eingenommen hatten. Wir fuhren mit unserem Bus also gerade knapp vor der Spitze der feindlichen Linien in den Westen.

Nach gut zwei Tagen hatten wir nichts mehr zu essen und kein Benzin mehr. Zu viert gingen wir in einem halb entvölkerten und fast ganz abgebrannten Dorf auf Betteltour für etwas Milch und Lebensmittel. Nur Ruths Schwester blieb bei ihren Kindern zurück.

Von einigen nachrückenden Soldaten erhielten wir etwas Benzin für unser Gefährt. Trotz der Geschicklichkeit, die Ruth auf der schwierigen Strecke bewies, wären wir einmal ohne fremde Hilfe nicht mehr weiter gekommen, als sich die Hinterräder unseres Busses hoffnungslos in einem Schneeloch festmahlten.

Wegen der häufigen Tieffliegerangriffe auf die Flüchtlingskolonnen fuhren wir teilweise nur nach dem Kompass und vermieden die großen Straßen. So kam es, dass wir eine schmale, unbefestigte Landstraße entlangkrochen, die immer wieder Deckung durch Alleebäume oder kleine Wäldchen bot. Etwa zwei Meter neben dem rechten Straßenrand lief ein durch hohe Schneewehen verdeckter Bach. Als wir um eine unübersichtliche Kurve bogen, sahen wir vor uns ein massives Problem auf uns zukommen. Fünf riesige Wehrmacht-LKWs brummten breit und bedrohlich auf uns zu. Ruth steuerte unseren Bus weit über den rechten Straßenrand hinaus, damit die schweren Militärfahrzeuge an uns vorbeikamen. Und schon war es passiert. Der Bus sackte mit der rechten Seite plötzlich nach unten weg und kippte sofort auf die Seite. Das alles ging so schnell, dass wir keine Gelegenheit zu irgendeiner Reaktion bekamen. Wie durch ein Wunder blieben wir alle unverletzt und kamen mit dem Schrecken davon. Aber wir waren in unserem Bus eingeschlossen wie in einem Gefängnis. Die Türen befanden sich leider alle auf der rechten Seite. Die fünf LKWs fuhren ungerührt an uns vorbei, ohne sich weiter um uns zu kümmern. Natürlich hätten wir ein Fenster auf der anderen Seite zertrümmern können, um so aus dem Bus zu klettern. Aber damit wären wir den eisigen Außentemperaturen noch mehr ausgesetzt gewesen. Und das mit den beiden Kleinkindern. Die Fenster auf der rechten Seite waren bis auf ein paar Sprünge alle noch in Ordnung.

Wir beschlossen im Bus auszuharren, bis eine weitere Militärabordnung vorbeikäme. Und so warteten wir Stunde um Stunde, aber es kam außer einigen Flüchtlingen, die zu Fuß unterwegs waren, niemand vorbei. Irgendwann, als die Scheiben schon fast völlig zugefroren waren, sammelten sich 40, 50 Flüchtlinge um unseren Bus, die plötzlich alle wie auf Kommando aus unserem begrenzten Blickfeld verschwanden. Dann hörten wir eine tiefe Männerstimme zählen: »Eins, zwei und hopp!«

Mit einem Ruck bewegte sich der schwere Bus in seine normale Lage zurück. Nach kaum zehn Minuten stand unser altes Gefährt wieder auf seinen abgefahrenen Reifen. Der Motor sprang problemlos an und wir fuhren jetzt vollbesetzt weiter in Richtung Stargard in Pommern. Hier wohnten die Schwieger-

eltern von Ruths Bruder. Alle waren mit der Richtung einverstanden. Hauptsache nach Westen, Hauptsache ein sicherer Abstand zu den Russen.
In Stargard wollten wir uns erst einmal ausruhen, uns erholen von den Strapazen der letzten Tage. Vielleicht ergab sich ja auch eine Möglichkeit, so lange dort zu bleiben, bis sich die Lage wieder etwas entspannt hatte und ich wieder nach Ostpreußen zurück konnte? Im Rundfunk wurde jedenfalls ständig der »Endsieg« propagiert.
Aber bei unseren unfreiwilligen und völlig unvorbereiteten Gastgebern war es so eng, dass wir nach zwei Tagen gerne wieder weiterzogen.
In Stargard trennten sich allerdings unsere Wege. Jeder hatte ein anderes Ziel vor Augen, jeder hoffte bei irgendwelchen Verwandten oder Bekannten unterzukommen, die vielleicht noch am Leben waren und ein unzerstörtes Dach über dem Kopf besaßen.
Unser treuer alter Bus wurde von der Militär-Kommandantur eingezogen. Im Interesse des Volkes. Und somit zog ich alleine und zu Fuß weiter in Richtung Merseburg/ Halle, in der Hoffnung, dass die Russen dort nicht so schnell hinkommen würden. Von Merseburg aus war der Weg zurück nach Hause ja auch nicht so weit, bei offenen, freien Straßen und normalem Bahnverkehr, dachte ich mir. Außerdem bestand die berechtigte Hoffnung, dort meine Schwester Margot zu treffen.
Im Radio hatte ich gehört, dass die Leunawerke in Frankfurt/Oder, bei denen Margot zuletzt gearbeitet hatte, nach Merseburg evakuiert werden sollten.
Vom Schicksal aller anderen Familienmitglieder wusste ich zu diesem Zeitpunkt nicht das Geringste. Diese Ungewissheit wurde täglich quälender, boh-

render und ließ mich kaum noch zur Ruhe kommen. Eine nervöse Vorfreude und Ungeduld begann sich in mir breit zu machen, als ich nach zwei Tagen endlich nur mehr knapp 30 Kilometer vor Merseburg in einem fast leer gefegten Kaff namens Döllnitz ankam.

Nur ein paar alte Leute und drei, vier Kleinkinder, die nicht in der Lage gewesen waren, mit ihren Eltern weiter zu ziehen, verloren sich in einzelnen, noch unzerstörten Häusern.

Bis aufs Skelett abgemagerte Hunde und Katzen schlichen durch die leeren Häuser und Trümmer und suchten vergeblich nach den letzten kümmerlichen, noch genießbaren Abfällen, die sich vielleicht doch noch in zerborstenem und abgebranntem Mobiliar finden ließen. Der Ort bot einen so traurigen und deprimierenden Eindruck, dass ich fast ohne Pause zu machen weiterzog.

Bisher hatte ich auf meinem Marsch von Stargard nach Merseburg zwischendurch immer wieder das Glück gehabt, dass mich ein Pferdefuhrwerk oder einmal sogar ein allein stehender älterer Herr mit seinem Pkw mitnahm.

Bis nach Ragösen in der Mittelmark ging es daher relativ flott voran. Aber den Rest von vielleicht noch 27 Kilometern musste ich bis auf eine kurze Wegstrecke, die mich ein Bauer mit seinem Traktor mitnahm, mühsam zu Fuß zurücklegen.

Die mittelalterlich anmutende schwarze Silhouette der so sehnlichst herbeigewünschten Stadt erschien mir vor der Kulisse eines rot aufleuchtenden Morgenhimmels fast wie eine Fata Morgana.

Ich hatte meine erste wichtige Station nach der Überschreitung der Weichsel erreicht.

Als ich von der flachen Anhöhe in die vor mir liegende Stadt hinunterstieg, konnte ich noch nicht ahnen, welch außergewöhnlicher Weg vor mir lag. Aber zuerst musste ich eine herbe Enttäuschung schlucken. Ich war zwar in Merseburg angekommen, hatte aber mein Ziel dennoch verfehlt, denn ich wartete in dieser Stadt vergeblich auf meine Schwester.
Sie war mit der evakuierten Belegschaft nicht mitgekommen und egal wen ich fragte, niemand wusste etwas über ihren Verbleib. Alle Bemühungen irgendetwas über meine Angehörigen zu erfahren, blieben ohne Erfolg. Auch das »Rote Kreuz« konnte mir nicht weiterhelfen. Und die Russen rückten trotz aller heroischer Mitteilungen an die Bevölkerung immer näher und näher. Was sollte ich also tun?
Der Verlobte meiner Schwester Erna arbeitete in Oberschleißheim als Hochfrequenz-Ingenieur am dortigen Flughafen. Außerdem lag Oberschleißheim nahe bei meiner nie vergessenen Traumstadt München. Daher entschloss ich mich noch in Merseburg dazu, mich irgendwie bis nach Schleißheim durchzuschlagen!
Erst nach diesem wirklich zukunftsweisenden Entschluss begann ich allmählich zu ahnen, dass ich zumindest in der nächsten Zeit Ostpreußen nicht mehr wieder sehen würde. Mein Herz zog sich schmerzhaft zusammen bei diesem Gedanken, den ich bisher immer als »völlig abwegig« von mir gewiesen hatte. Gab es wirklich kein Zurück mehr, zu meiner Familie, zurück zu dem kleinen Dorf in Masuren, das bisher fast ausschließlich meine ganze Welt dargestellt hatte?
Auf einer heruntergekommenen Kommandantur am Stadtrand erzählte ich einigen Offizieren von meinen

kühnen Plänen. Der Zufall oder eine höhere Bestimmung wollten es, dass der stiernackige Sohn eines bayerischen Landwirts, im Krieg Fliegeroffizier, im Büro anwesend war und noch am gleichen Tag mit seiner »Messerschmitt« nach München zurückfliegen wollte.
Natürlich war es ihm streng verboten, mich mitzunehmen. Aber wer fragte Anfang 1945 noch groß danach, was verboten war? Und so erfüllte sich nach so vielen Jahren mein Traum, in die bayerische Landesmetropole zu kommen. Aber unter welchen Umständen?
Auch München war das Ziel heftiger und zahlreicher Bombenangriffe gewesen, genau so wie Oberschleißheim wegen des Flughafens. Die herrliche Stadt, von der meine Mutter so geschwärmt hatte, lag in einem Meer von Trümmern unter uns, als wir nach einem unruhigen Flug in einer weiten Schleife über die Großstadt flogen und nach Stunden endlich in Oberschleißheim landen konnten.
Am 26. Februar 1945 traf ich in Schleißheim ein. Ein völlig neuer Lebensabschnitt begann. Und was ich an diesem Tag noch nicht wissen konnte, wurde sehr schnell zur unumstößlichen, bitteren Wahrheit. Meine Heimat Ostpreußen, unser Hof, das verschlafene Dorf Mühlen im Südwesten Masurens waren ab diesem Tag für mich für immer verloren.
Helmut, der Verlobte meiner Schwester Erna, war natürlich mein erstes Ziel, als ich in Schleißheim wieder festen Boden betrat und die Formalitäten in einem kleinen Flugplatzbüro hinter mich gebracht hatte.
Der gut aussehende, freundliche Mann freute sich überschwänglich mich zu sehen und löcherte mich

nach den ersten herzlichen Umarmungen mit Fragen nach Erna. Aber ich wusste genau so viel wie er. Nämlich nichts. Leider konnte ich nicht bei ihm unterkommen, da er selber nur ein einzelnes Zimmer zur Untermiete bewohnte. Obwohl nach und nach immer mehr Zimmer für Flüchtlinge beschlagnahmt wurden, hatten die Schleißheimer keine Plätze frei. Jedem Fremden wurde mit Misstrauen oder sogar Feindseligkeit begegnet. Daher wohnte ich die ersten sechs Wochen in einem winzigen, ungeheizten Zimmer im Gasthof »Zum blauen Karpfen«, den es heute noch gibt.

Schon zwei Tage nach meiner Ankunft arbeitete ich als Stabshelferin auf dem Flugplatz. Helmut hatte mir diese Arbeit beschafft. Ich durfte geheime Papiere verwalten (GEKODOS). Aber was auch immer es war, Hauptsache Arbeit, die wenigstens eine, wenn auch geringe Bezahlung bot.

Oft lagen wir in unseren Barackenbüros auf dem Fußboden, während wir von Tieffliegern beschossen wurden. Helmut und die noch anwesenden Bordmechaniker, Flieger und Soldaten wurden schon Ende April zu einer anderen Einheit versetzt und die SS übernahm vorübergehend das Kommando. Die bisherige Lockerheit und Freiheit waren mit einem Schlag dahin.

Am 2. Mai 1945 rückten die ersten Amerikaner in Schleißheim ein. Die verzweifelte Gegenwehr der SS konnte sie nicht aufhalten. Der Krieg war schon lange verloren, aber was viel wichtiger war: jetzt war er endlich vorbei!

Erst zum Ende des Jahres 1945 hin erfuhr ich von meiner Cousine Elfriede aus Neudorf vom Schicksal meiner Familie. Es war ein Schock, der bis heute

noch sehr tief sitzt. Mein Großvater starb auf der Flucht in der Nähe von Osterode an Erfrierungen und Entkräftung, meine Schwester Erna erlag nach mehreren Vergewaltigungen durch russische Soldaten der Syphilis und einer dazugekommenen Lungenentzündung in einem Krankenhaus in Berleburg. Sie war erst 21 Jahre alt gewesen!
Mein Vater und mein Bruder befanden sich irgendwo in Sibirien in russischer Kriegsgefangenschaft. Margot wenigstens hatte die Flucht überlebt und landete nach vielen Irrfahrten in Fürstenfeldbruck in der Nähe von München.
Die beiden Schmiedegesellen, Gottfried und Otto, die wegen ihres Alters und wegen ihrer leichten Behinderung nicht eingezogen worden waren, hielten es bis zuletzt in Mühlen aus. Erst als absolut keine Möglichkeit mehr zum Bleiben bestand, schlugen sie sich bis nach Dresden durch und kamen dort in den berüchtigten Dresdener Bombennächten durch die Engländer ums Leben.
Sechs Tage lang wurde die berühmte Stadt mit Phosphor- und Brandbomben beworfen, obwohl die Alliierten wussten, dass die Stadt mit Flüchtlingen voll gestopft war. Es war ein unsagbares Inferno, bei dem Hunderttausende ihr Leben ließen. Die Stadt wurde dem Erdboden gleichgemacht. Eine Gegenwehr durch die deutsche Luftwaffe gab es nicht. Zu keinem Zeitpunkt. Sie existierte nicht mehr.
Es wird mir, solange ich lebe, unbegreiflich bleiben, für welche »Heldentaten« den englischen Mördern in ihren Bombern Denkmäler gesetzt werden und warum diese bis heute in England geehrt und gefeiert werden. Hilflose Kinder, Frauen und Alte und dazu ein deprimierter Haufen zerschundener, kranker und

fast waffenloser Soldaten, das waren die »gefährlichen Besatzer« Dresdens kurz vor dem Ende des Krieges.
Kriegsverbrecher zu ehren, bedeutet für mich noch immer, die Ehre in den Dreck zu ziehen! In welch menschliche Niederungen bringt der Krieg den Menschen? Aber muss man diese Perversionen 50 Jahre danach auch noch feiern?
Königsberg, die unvergleichliche Hauptstadt Ostpreußens, wurde durch die Rote Armee und die Engländer von der Landkarte gestrichen. Eine der schönsten und bedeutendsten Städte der damaligen Welt ist auf immer und ewig unter Schutt und Asche verschwunden.
1946 erhielt ich eine neue Arbeitsstelle auf dem Flugplatz in Oberschleißheim. Doch dieses Mal hatten die Amerikaner dort das Sagen. Sie benahmen sich menschlich, liebten Kinder und noch mehr junge Frauen. Und ich war damals sechsundzwanzig. Durch einen älteren Sergeant aus Colorado erhielt ich einen Job im Lohnbüro. Von da an brauchte ich mir um meine Versorgung keine großen Gedanken mehr zu machen. Denn in der Kantine gab es reichliches und gutes Essen, ohne dass ich dafür Lebensmittelmarken abgeben musste.
Die Soldaten schenkten uns deutschen Frauen Orangen, Schokolade und Zigaretten. Dafür konnte ich bei den umliegenden Bauern Butter, Milch, Eier, Geflügel und Brot eintauschen. Der Schwarzhandel blühte zu dieser Zeit auf.
Inzwischen hatte ich ein eigenes Zimmer mit dazugehöriger Kochnische und Badbenutzung in der Feierabendstraße in Schleißheim bezogen. Es ging mir für die damaligen Verhältnisse physisch recht

gut. Aber seelisch war ich krank wie nie zuvor. Ich fühlte mich völlig fremd und alleine, hatte Heimweh und die Trauer um die Verstorbenen sowie die Ungewissheit um meinen Vater und Bruder trugen dazu bei, dass ich oft nahe am Verzweifeln war.
In dieser so hoffnungslos erscheinenden Zeit lernte ich bei meiner Arbeit auf dem Flugplatz einen jungen, sympathischen Amerikaner kennen, der sich sehr um mich bemühte. Er war bei der MP (Militärpolizei) und hieß Ralph Votaw. Seine Freunde riefen ihn jedoch »Jack«.
Ralph lud mich zum Tanzen ins Flughafen-Casino ein, fuhr mit mir nach München zum Essen (was 1946 eine absolute Sensation war!) und machte mir kleine Geschenke. Er war sehr aufmerksam und höflich und hatte nur Augen und Ohren für mich.
Natürlich verliebte ich mich in ihn und wurde Anfang 1947 schwanger.
Unser Wunschkind, ein Junge, wurde am 19. November 1947 in der Gilmer-Klinik in München geboren. Ralph wollte, dass ich zu Hause bei unserem Kind blieb und so konnte ich mich anfangs ausschließlich um unseren Sohn kümmern.
Unser Glück bekam jedoch schon recht bald die ersten Risse. Mein Verlobter entpuppte sich als krankhaft eifersüchtig. Wenn wir ausgingen und ein Mann sah mich nur freundlich an, brach er sofort eine Schlägerei vom Zaun.
Egal ob es ein Deutscher oder Amerikaner war. Wenn mich ein Bekannter begrüßte, riskierte der seine Gesundheit. Manchmal wurde es unerträglich. Doch er versprach mir immer wieder, dass er sich bessern wolle. Und ich glaubte ihm, wollte es glauben.

Ralph sollte 1949 wieder nach Hause, nach Cornishville, Kentucky, zurückkehren. Zuvor wurde er noch ausgezeichnet und befördert und wir wollten heiraten. Aber leider ging das wegen meiner deutschen Staatsangehörigkeit nicht.
Nach langem Hin und Her entschied er sich dafür, sich weiter bei der Armee in Deutschland zu verpflichten, um solange zu warten, bis diese blödsinnige Heiratssperre wegfiel. Doch die Probleme mit seinen unberechenbaren Eifersuchtsausbrüchen besserten sich nicht und ich rang mich 1950 schweren Herzens dazu durch, mich endgültig von ihm zu trennen. Er drohte mir damit, das Kind zu entführen und seine materiellen Zuwendungen wurden immer geringer und seltener. Daher entschloss ich mich dazu, wieder arbeiten zu gehen. Für Swen fand ich eine zuverlässige Tagesmutter. Trotzdem war es für mich furchtbar, ihn in fremde Hände geben zu müssen. Aber ich hatte keine Wahl.
1952 gab Ralph endgültig den Kampf um mich und unseren Sohn auf und flog in die Staaten zurück.
Noch im gleichen Jahr lernte ich in einem Café in Schleißheim zufällig den Witwer Heinrich Perling kennen. Er hatte drei Kinder im Alter von neun, zwölf und 14 Jahren. Aus einer anfänglichen Freundschaft wurde irgendwann mehr. Er war so ganz anders als Ralph. Doch seine Zuverlässigkeit und herzliche Spontaneität gefielen mir.
1953 zog ich mit Swen, ihm und seinen Kindern nach München-Giesing in eine Vierzimmer-Wohnung. Ein Jahr später heirateten wir und ich hatte plötzlich für eine sechsköpfige Familie und einen schwarzweißen Kater, den mein Sohn anschleppte, zu sorgen!

Unser Leben durchlief die typischen Höhen und Tiefen einer Ehe in dieser ungewöhnlichen, entbehrungsreichen Zeit. Wir wuchsen eng zusammen. Aber die Jahre nach dem Krieg waren kein Zuckerschlecken, für niemanden. Das Geld war knapp, besonders nach der Währungsreform 1948. Das Land befand sich im Aufbau und vieles, was heute selbstverständlich ist, gab es einfach nicht. Unsere Wohnung wurde Stück für Stück möbliert. Immer, wenn wir es uns gerade leisten konnten, kam ein neues Teil dazu.

Die Kinder gewöhnten sich relativ schnell aneinander und Heinrich entwickelte ein besonders herzliches Verhältnis zu meinem Jungen. Natürlich gab es auch reichlich Sorgen und Probleme mit den vier Kindern, aber letztendlich ist aus allen im Laufe der Zeit etwas Anständiges geworden.

Nach einigen Jahren in München, in denen mein Mann und ich anfangs noch bei der amerikanischen Militärregierung arbeiteten, wechselten wir beide in deutsche Unternehmen.

Heinrich ging in den Innendienst einer Kraftfahrzeugversicherung und ich wechselte 1960 als Sachbearbeiterin zur Agfa. Wir brachten es in den folgenden Jahren zu einem bescheidenen Wohlstand, der ein finanziell überwiegend sorgenfreies und gesichertes Leben zuließ.

1976 fuhr ich mit meinem Sohn zum ersten und einzigen Mal wieder nach Hause, nach Ostpreußen, vergrub mich in Sentimentalitäten, wühlte in der Vergangenheit und in Erinnerungen, bis ich es nicht mehr ertrug.

Vieles war in Mühlen und der Umgebung anders geworden, hatte sich verändert oder war nicht mehr

vorhanden. Am meisten schmerzte mich jedoch, dass unser Hof spurlos verschwunden war.
Überhaupt wies die ganze Häuserzeile an der Maranse entlang 1976 einige herbe Lücken auf. Das einstöckige, lang gestreckte Haupthaus mit der gemütlichen »guten Stube«, die Scheune, der Stall, Vaters geliebte Schmiede auf der gegenüberliegenden Straßenseite, alles war weg, verschwunden, als ob es nie da gewesen wäre. Nur noch Gras, Sträucher, ein fremdes, kleineres Gebäude und einige etwas verwilderte Gemüse- und Blumenbeete standen auf »unserem« Grund.
Die kleine, abgeschiedene eigene Welt in der dichten Fliederhecke hinter dem Haus mit ihren doppelblütigen weißen und dunkelvioletten Blüten; nichts war von ihr übrig geblieben.
Das winzige, mit Rosen bewachsene Haus der Schneidermeisterei von Artur und Herbert Maczkowski, zwischen der Kirche und unserer Schmiede gelegen, war auch nicht mehr vorhanden. Nicht einmal Reste der Grundmauern verrieten ein früheres Dasein.
Gleich über der Straße, die Maranse, unsere Bade-, Angel- und Eislaufstelle. Jetzt nur noch ein kümmerliches Rinnsal. Die breite Sumpfzunge des geheimnisvollen Moores meiner Kindheit und Jugend, das bis nahe an die Mühle heranreichte, bleibt jetzt fast völlig »im Hals« einer höchstens noch feuchten, mit Sträuchern und Bäumen bewachsenen Wiese stecken. Aber es sollte noch schlimmer kommen.
Eine grundhässliche Plattenbautenzeile verunstaltet heute den ehemals so idyllischen Ortseingang. Gegenüber, auf der anderen Straßenseite, liegt die Domäne. Sie ist noch so imposant wie früher.

Das Herrenhaus und alle anderen Gebäude haben unbeschadet die vergangenen Jahrzehnte überlebt. Nur das große Grundstück um sie herum hat sich etwas verändert. Weniger bewachsen und mit einigen neueren Gebäuden darauf, von einer hohen Hecke zur Straße hin abgeschirmt.
Die Schule steht noch und direkt daneben streckt wie früher die mächtige, alte Dorflinde ihre gewaltigen Äste in den unvergleichlichen Himmel Masurens.
Der Himmel ist noch so, wie er vor 40 Jahren war. Unendlich weit und im pastellfarbenen Verdämmern des Sommerlichts von einer östlichen Ruhe und majestätischen Schönheit, wie es sie kein zweites Mal auf dieser Erde gibt. Und ich bin viel in der Welt herumgekommen. Reisen ist immer eine große Leidenschaft in meinem Leben gewesen.
Aber warum bin ich hierher zu meinen Wurzeln zurückgekommen? Ich hatte immer Angst davor, aber ich hielt es irgendwann nicht mehr aus, wollte, nein musste die alte Heimat noch einmal sehen.
Wo blieb die Zeit, wo die Menschen, in meinem geliebten Ostpreußen? Warum ist heute alles so fern, so weit zurück und doch noch so schmerzlich nah in mir? Vergangenheitsbewältigung? Die Wunde ist noch immer spürbar, wenn auch vernarbt.
Der Friedhof hinter der Schule hat seine toten Generationen, meine Mutter, Großeltern, Urgroßeltern, alle unter einer grünen, wuchernden Decke für immer vertilgt. Aber wenn ich zwischen den umgefallenen Grabsteinen stehe und etwas sentimental und vergeblich nach den Inschriften suche, dann weiß ich, dass ich alles, was hier in Mühlen und ganz Ostpreußen geschah, bis an mein Lebensende weder vergessen noch endgültig aufarbeiten kann.

Die Natur, die Seen und Hügel, die endlos scheinenden Wälder, die alten Alleen und manch »bedeutende« verborgene Stelle der Jugend, die Generationen überlebten, sind dennoch geblieben in dem Land meines Herzens und meiner Erinnerung, die ich an meinen Sohn weitergab.
Er hat den »Virus« meiner alten Heimat bereits im Blut. Ich weiß, dass er durch seine bisherigen drei Reisen nach Ostpreußen »infiziert« ist von der stillen Schönheit und der Schwermut dieses Landes. Er wird mich im Gedenken immer wieder hierher zurückbringen. Denn nur ein Leben ist wahrscheinlich zu kurz, um alles vergessen und wieder neu erleben zu können. 23 Jahre sind seitdem vergangen.
Am 9. Dezember 1996 starb mein Mann nach monatelangem Koma, in das er nach einer Hüftgelenksoperation fiel, in einem Pflegeheim in München, ganz in der Nähe unserer Wohnung.
Heute bin ich fast 80 Jahre alt und es fällt mir manchmal schwer, mich an die langen, dunklen Tage einer nunmehr so stillen Wohnung zu gewöhnen.
Immer öfter ertappe ich mich dabei, wie ich aus dem Fenster schaue ... Und die realen Bilder vor meinen Augen verschwimmen allmählich, während die Gedanken weit, weit zurück in jenes kleine, idyllische Dorf in Masuren gehen, wo alles begann.

Das Paradies an der Bernsteinküste

Die Flucht nach Rauschen

Knapp eine Stunde war ich von Königsberg aus mit der Samlandbahn nach Rauschen unterwegs gewesen. Aber ich hatte kaum einen Blick übrig für die wildromantische Landschaft, die eilig am Zugfenster vorbeizog. Nur weg, schnell weg. Die Angst war das Einzige, was mir meine Mutter mit auf den Weg gegeben hatte. Sie war die Antriebsfeder, die mich auch jetzt noch vollkommen beherrschte, als der lang gezogene Stahlwurm mit einem sanften Ruck anhielt und die gedrungene Lok weit vorne mit einem lauten Zischen Dampf abließ.
Nervös zog ich meinen großen Lederkoffer von der Ablage über mir und drängte mich mit der schiebenden und drückenden Menschenmasse auf den sonnenüberfluteten Bahnsteig hinaus. Ich stellte das elend schwere Ungetüm vor mir ab und sah mich unauffällig um. Gott sei Dank war der feiste, rotbackige Vertreter aus Tapiau, der mich während der Fahrt ständig so aufdringlich gemustert und mit seinen neugierigen Fragen genervt hatte, verschwunden. Hoffentlich auf Nimmerwiedersehen. Ich hatte schon ernsthafte Bedenken, dass der Kerl womöglich doch

von der Polizei sein könnte. Aber er war tatsächlich weg. In angestrengter Schräglage kroch ich mit meinem eilig zusammengeworfenen Hab und Gut aus dem lebhaften Bahnhofsbereich und nahm über die Dorfstraße den direkten Kurs in Richtung Mühlenteich, in dessen unmittelbarer Nähe Ernst Komutat und seine Familie ihr Häuschen haben mussten.

Die Straßen und Wege lagen in der sommerlichen Hitze fast menschenleer vor mir.

In Minutenschnelle hatte sich der Bahnhofsvorplatz geleert, Hotels, Strand und Privatquartiere sogen Urlauber und Besucher rasch auf.

Die heiße Vormittagssonne des 11. Juli 1926 zog mir gnadenlos die letzten Kraftreserven aus dem von einer gerade überstandenen Lungenentzündung ausgemergelten Körper. Trotzdem hoffte ich, dass es unterwegs keine »hilfsbereite« Droschke gab, die mich geschäftstüchtig bis zu meinem geheimen Ziel bringen wollte.

Es war ein reichlich weiter Weg für einen Fußgänger, noch dazu mit dem schweren, unhandlichen Koffer. Aber aus Sicherheitsgründen war verabredet worden, dass mich niemand abholen sollte. Je weniger Leute mich mit den Komutats in Verbindung bringen konnten, desto besser.

Es dauerte über eine halbe Stunde, bis ich nach einigen dringend notwendigen Verschnaufpausen endlich in die Kleine Teichstraße einbog. Ich schleppte mich langsam vorbei an vereinzelten, monströsen Villen und kleinen, hölzernen Ferienwohnungen, die wie an einer Perlenkette zu beiden Seiten der Straße zwischen den Kiefern und Birken hingen.

Schon nach knapp 200 Metern stellte ich in der schmalen, mittagsstillen Straße meinen Koffer ab und tupfte mir mit dem Taschentuch die Schweißperlen von der Stirn. Dann kramte ich den kleinen, zerknüllten Zettel aus der Hosentasche und las noch einmal, wie zur eigenen Kontrolle, die gesuchte Adresse, die mir meine Mutter in ihrer zierlichen, engen Schrift darauf geschrieben hatte.

»Ernst Komutat, Kleine Teichstraße 17«, stand da und: »Ein einstöckiges, gelbes Holzhaus, etwas zurückgesetzt in einem großen, verwilderten Grundstück gelegen«.

Ernst Komutat und seine Frau Ulrike waren schon seit vielen Jahren mit meinen Eltern befreundet. Sie hatten sich bei einer politischen Demonstration in Königsberg kennen gelernt, zu der mich meine Mutter im Kinderwagen mitgenommen hatte. Ja, ich war sozusagen bereits von Kindesbeinen an politisch aktiv gewesen.

Ich sah mich um. Etwa 50 Meter weiter auf der gegenüberliegenden Straßenseite schimmerte ein flaches, gelbes Gebäude mit einem steilen grauen Giebel durch die Bäume und die schmalen Silhouetten einiger Wacholdersträucher.

Ich nahm mein ledernes Ungetüm wieder auf und schleppte mich auf der Schattenseite der Straße vor das etwas mitgenommen aussehende Haus.

Auf einem breiten, aus weißen Kalksteinen gemauerten Zaunpfosten, in dem auch ein Briefkasten eingelassen war, stand die ersehnte »17« und darunter war in großen Lettern auf einem Blechschild der Name »Komutat« eingraviert. Ich war am Ziel. Endlich! Noch einmal sah ich misstrauisch den Weg zurück, den ich gekommen war.

Die Straße lag in ihrer sommerlichen Gluthitze noch immer wie ausgestorben vor mir. Außer mir schien sich kein Mensch auf den Beinen zu befinden. Die meisten waren um diese Zeit sicherlich am Strand, beim Mittagessen oder hielten gerade ihr wohlverdientes Mittagsschläfchen. In Rauschen war fast den ganzen Sommer über Bade- und Segelsaison. Das Leben spielte sich aber vor allem in den Seebädern und in der unmittelbaren Strandnähe ab. Auch der »Mühlenteich« war ein gern angesteuertes Ziel fremder Besucher, aber das meistens erst am späten Nachmittag oder Abend.

Mir konnte diese Ruhe um diese Zeit gerade recht sein.

Ich drückte die nur angelehnte Gartenzauntüre auf und stieg die drei Stufen der ausgetretenen Steintreppe zur Haustür hinauf. Rechts von der massiven, teilweise mit Kupferblech beschlagenen Tür befand sich ein schon etwas verrosteter Glockenzug, an dem ich kräftig zog. Ein schwaches, schepperndes Bimmeln drang aus dem Haus.

Schon nach wenigen Sekunden öffnete sich die Tür und ein freundliches, rundes Mädchengesicht mit zahlreichen Sommersprossen lächelte mir entgegen.

»Sie sind bestimmt Herr Ottmar Meinhardt, der Neffe von Tante Ulrike?«

»Der bin ich.« Ich nickte nur erschöpft mit dem Kopf und versuchte ebenfalls ein möglichst freundliches Gesicht zu machen, was aber offensichtlich gründlich missglückte, denn das Mädchen mit den lustigen braunen Zöpfen schob den rundlichen Körper flink aus der Türöffnung, nahm meinen schweren Koffer mit relativer Leichtigkeit auf und meinte nur mitleidig: »Na denn kommen se mal erst rinn in die jute Stube, junger Mann. Wa werdn se schon wieda aufpäppeln.«

Sie ging vor mir einen langen, dunklen Flur entlang und stellte an dessen etwas breiter auslaufendem Ende den Koffer ab. Dann wandte sie sich zu mir um und meinte fürsorglich: »Gehn se mal da durch die Türe schnurstracks in Richtung Garten. Ihre Tante sitzt mit einigen juten, vor allem verschwiechenen Verwandten und Bekannten auf der Terrasse und wartet schon mit dem Mittachessen auf Ihnen. Wenn se sich noch kurz etwas frisch machn wolln, da dribn rechts is das Jästebad!« Sie deutete auf eine mit Wiesenblumen bemalte Holztüre, die knapp vor einer steil nach oben führenden Treppe vom Flur abging und verschwand flugs wieder hinter einer der zahlreichen Türen, die da irgendwo vor mir im Dämmer lagen.

Ich sah kurz an meiner äußerst jämmerlichen Erscheinung herunter, bedankte mich geistesabwesend bei dem längst nicht mehr dastehenden Mädchen und ging bereitwillig ins beschriebene Badezimmer. Es war ein kleiner, fast quadratischer Raum, mit einem in geschnitztem Holzrahmen ruhenden Kristallspiegel, der auf Kopfhöhe angebracht war, einem dunkelrot lackierten Holzschränkchen, einer rosafarbenen Porzellanablage mit gleichfarbigem Waschbecken unter dem Spiegel und einer weißemaillierten Wasserkanne darunter. Ein hölzerner Badezuber stand in einer Ecke, davor ein überhaupt nicht dazu passender Barockstuhl, auf dem einige bunte Handtücher lagen.

Ich zog mein völlig verschwitztes weißes Hemd aus und wusch mich gründlich mit kaltem Wasser und dem Stück Kernseife, das auf der Ablage lag. Dann kämmte ich mir das zerzauste, noch feuchte Haar und schlüpfte in ein frisches, hellblaues Hemd. Ich

fühlte mich nach dieser dringend notwendigen Prozedur wesentlich besser und warf einen halbwegs zufriedenen Blick auf mein Spiegelbild.
Nach einer kurzen Säuberung des Waschbeckens verließ ich das Gästebad und betrat durch die angewiesene Türe ein geräumiges Zimmer, das mit naturbelassenen Kieferholzschränken, einigen Bambussesseln und einem zierlichen, neu wirkenden Sofa ausgestattet war. Ein schwerer, schon etwas ausgetretener orientalischer Teppich lag auf dem hellbraun gefliesten Boden und verschluckte meine Schritte.
Am Ende des Raums stand eine gläserne Schiebetüre halb offen, durch die eine lebhafte Unterhaltung bis zu mir drang.
Die Worte meiner Mutter fielen mir wieder ein, als ich unseren kleinen Laden heute Morgen in Königsberg so überstürzt verließ: »Du kannst den Komutats rückhaltlos vertrauen, Ottmar. Sie sind die Einzigen, zu denen ich dich mit ruhigem Gewissen schicken kann!«
Trotzdem war ich verunsichert. Ich glaube, es war damals das erste Mal, dass ich weiter als 20, 30 Kilometer aus Königsberg herauskam. Und dann auch noch in diesen mondänen und bekannten Badeort zu mir fast völlig fremden Leuten.
Ich ging langsam, fast zögernd auf die Türe zu und sah dahinter eine großflächige Veranda, in deren Mitte ein reich gedeckter Tisch stand. Um ihn herum saßen fünf Personen in einem angeregten Gespräch. Unmittelbar am Rande der Veranda führten einige flache Stufen in einen weitläufigen Garten. Eine schlanke, hoch gewachsene Frau mit langen schwarzen Haaren, die ihr bis auf die schmalen Schultern

fielen, stand auf, als sie mich sah und ging lächelnd und mit ausgestreckten Armen auf mich zu.
Ihr schmales, ebenmäßiges Gesicht strahlte eine einnehmende Herzlichkeit aus, die mir sofort meine Unsicherheit nahm.
Schon von weitem rief sie mir mit einer glockenhellen Stimme zu: »Ottmar, mein Junge, bist du problemlos und vor allen Dingen gesund bei uns angekommen?! Mein Gott, wir haben uns schon solche Sorgen gemacht, ob auch alles gut geht.«
Als sie vor mir stand, erkannte ich in der etwa 40-jährigen Frau mit den warmen blauen Augen fast das Ebenbild meiner Mutter wieder.
Sie schloss mich spontan in die Arme und zog mich kräftig an sich. Dann schob sie mich etwas von sich weg, um mich genauer betrachten zu können.
»Als ich dich vor etwa sechs Jahren im Königsberger ›Blutgericht‹ das letzte Mal sah, warst du gerade ein Lausejunge von 13 oder 14 Jahren! Erinnerst du dich überhaupt noch an mich?«
Die Tränen der Rührung standen in ihren Augen. Es war absolut unmöglich, von der Herzlichkeit dieser Frau nicht angesteckt zu werden. Sie strahlte Optimismus, Offenheit und einen umwerfenden Charme aus. Ich lächelte sie fast glücklich an. Und das in meiner Lage.
Ich erinnerte mich sehr gut an diesen Besuch, allerdings mit gemischten Gefühlen. Noch nie zuvor aß ich solche Portionen Schmand mit Glumse und nie mehr sollte es mir danach elender gehen als an diesem Tag. Allerdings war das nicht im »Blutgericht« gewesen, sondern im »Cafe Rupp« auf dem Pauperhausplatz, wo die Großeltern wohnten. Doch das behielt ich gut erzogen für mich.

Sie führte mich an der Hand zu der gedeckten Tafel und stellte mich kurz vor.
»Wer die anderen hier am Tische sind, können sie dir wahrscheinlich selbst am besten sagen«, meinte sie lachend. »Wir fangen vielleicht gleich bei dem schon etwas gereifteren, älteren Herrn rechts von mir an.«
Lautstarker Protest machte sich bemerkbar. Ein etwa 50-jähriger, mittelgroßer Mann mit dichten, weißen Haaren und schwarzen, finster dreinblickenden Augen unter den buschigen Brauen stand auf und stellte sich vor: »Wladislaw Kejstut, litauischer Offizier a. D. und ein alter Bekannter Eurer Tante und Eures Vaters.«
Wie ich heute weiß, war dieser nur nach außen hin so finster wirkende Litauer ein herzensguter, hilfsbereiter und vor allem sehr mutiger Mann.
Er war einer von insgesamt fünf Männern, die 1922 in Kaunas den »Litauischen Bund« gegründet hatten. Mein Vater sprach bei uns zu Hause so gut wie nie über diese Organisation, die es sich zur Aufgabe gemacht hatte, Emigranten, Flüchtlingen und politisch Verfolgten im »Dreiländereck« zwischen Russland, Deutschland und Litauen zu helfen. Natürlich bewunderte ich als Kind und als junger Mann diese Männer und Frauen, die so mutig nach den Idealen ihrer sozialen Vorstellungen lebten. Und zu ihnen gehörte mein Vater, deswegen war ich ja auch so unvorbereitet aus Königsberg verschwunden.
Neben dem Litauer erhob sich eine kleine zierliche Frau mit einem klugen, offenen Gesicht, die deutlich jünger als meine Tante sein musste.
»Elfriede Komutat, Lehrerin aus Georgenswalde und geschiedene Frau von Heinrich Komutat, dem

ältesten Sohn deiner Tante, der heute leider verhindert ist.« Ich war überrascht.
Der jüngere Sohn der Familie, Georg Komutat, war in den letzten Tagen des Ersten Weltkriegs gefallen. Ich erinnerte mich kaum noch an ihn. Ich wusste nur, dass meine Tante besonders ihn abgöttisch geliebt hatte. Er war sehr ernst, fast verschlossen und hatte kaum Freunde. Es war schon eine besondere Ehre für mich, dass er vor sechs Jahren bei dem erwähnten Besuch in Königsberg überhaupt mit mir gesprochen hatte. Er war damals vielleicht gerade so alt wie ich es 1926 war, etwa 20 Jahre.
Warum er ausgerechnet mit mir zum Pregelufer hinunterging und nach einigen flach über den Wasserspiegel geworfenen Steinen ein Gespräch – ich glaube, über das Nachtleben Königsbergs – führte, ist mir bis heute ein Rätsel geblieben.
Dann erhob sich gegenüber von Elfriede Komutat ein bildhübsches, junges Mädchen von seinem Platz. Sie konnte höchstens 16 oder 17 Jahre alt sein, war sehr schlank und groß gewachsen. Ein blonder Pferdeschwanz, der ihr fast bis auf die Rückenmitte fiel, wurde von einem roten Haarband gebändigt. Ihre frechen, braunen Augen blitzten mich neugierig an. Ich schlug in ihre hingehaltene, kräftig zupackende Hand ein und sah sie mit offener Bewunderung an. »Ich bin Gesine Groß aus dem fernen Masuren, Ottmar«, sagte sie knapp und mit einer hellen, festen Stimme. »Ich arbeite momentan im Post- und Telegrafenamt in der Schröderstraße. Das kann für uns alle vielleicht einmal nützlich sein.«
Neben ihr erhob sich ein knochiger, ungemein großer Mann von etwa 60 Jahren. Seine lichten, braunen Haare waren nur an den Schläfen leicht ergraut

und ein mächtiger weißer Schnurrbart verdeckte die Oberlippe. Das musste mein Onkel sein.

»Ich bin der vielgeprüfte, total unterdrückte Ehemann deiner Tante, Ernst Komutat«, bestätigte er breit grinsend meine Vermutung.

Die dunkle, fast bassartige Stimme zog unwillkürlich die Aufmerksamkeit auf sich. Er reichte mir seine sehnige Hand und drückte die meine kräftig.

Ernst Komutat arbeitete im Privatleben seit langem als Wein- und Spirituosen-Großhändler in Rauschen. Aber, wie ich heute weiß, waren es damals nicht nur die so genannten edlen Tröpfchen und »geistreichen« Genüsse, die ihn vor allem im Grenzland umhertrieben.

Seine volkstümliche Beschäftigung öffnete ihm problemlos alle Grenzen und wo normale Bürger wochen- oder gar monatelang auf ihre Ein- oder Ausreise warten mussten, flogen vor Ernst Komutat viele Schlagbäume äußerst willig, ja sogar erwartungsvoll auf. Besonders die nach Russland und Polen.

Ein paar Flaschen der feinsten und seltensten Brände, die unbeobachtet den Besitzer wechselten, ließen die Grenzen zu löchrigen Übergängen werden und das Eintreffen meines Onkels wurde in so mancher langweiligen Grenzstation nicht nur freudig erwartet, sondern regelrecht gefeiert.

Es versteht sich wohl von selbst, dass mein Onkel im »näheren Ausland« ein Ansehen genoss, das sich ohne Übertreibung weit über das eines Ministerpräsidenten oder namhaften Generals erhob.

So konnten natürlich wertvolle Kontakte und wichtige Verbindungen unauffällig gepflegt werden, die normalerweise zusätzliche Gefahr und Zeitaufwand bedeutet hätten.

Nebenbei verhalfen die intensiven Geschäfte des Onkels der Familie auch noch zu einem äußerst rentablen Einkommen, das allerdings auch für die Ziele des »Litauischen Bundes« verwendet wurde.
Den errungenen Wohlstand ließen sich die Komutats jedoch nicht anmerken. An ihrem Verhalten konnte man sowieso nichts erkennen, aber auch gesellschaftlich gab man sich unauffällig, ja fast kleinbürgerlich.
Das Anwesen in der Kleinen Teichstraße, das schon lange einige tausend Reichsmark an Renovierungsarbeiten benötigt hätte, musste ganz bewusst noch einige Jahre auf seinen neuen Glanz warten.
»Setz dich bitte hierher«, meinte der Onkel mit einer einladenden Geste und wies auf einen freien Stuhl rechts von sich. Gesine Groß schenkte mir währenddessen ein Glas Rotwein ein und die neben mir sitzende Hausherrin belud meinen Teller fürsorglich mit den regionalen Köstlichkeiten der deftigen ostpreußischen Küche.
»Jeder der hier Anwesenden gehört seit Jahren dem ›Litauischen Bund‹ an«, kam Ernst Komutat gleich zur Sache, als ich mir genüsslich ein erstes Stück knusprig gebratene Rosinen-Ente in den Mund schob.
»Du weißt sicherlich von deinen Eltern, dass wir uns vor allem um litauisch-deutsche Emigranten kümmern, die aus Russland, Polen oder dem Deutschen Reich abgeschoben werden. Wir wollen deine momentane Situation und die Not deiner Eltern nicht ausnützen, Ottmar. Du sollst wissen, dass du uns auch dann willkommen bist, wenn du keinerlei Aufgaben für uns übernehmen möchtest. Du kannst so lange hier bleiben, bis wir von deiner Mutter die

Nachricht erhalten haben, dass du problemlos wieder nach Königsberg zurück kannst. Dein Vater, der einer unserer treuesten und aktivsten Mitglieder in Königsberg ist, wird auch nach seiner bestimmt nur vorläufigen Verhaftung nichts über uns ausplaudern. Vieles von dem, was uns wirklich gefährlich werden könnte, weiß er auch gar nicht. Es war auf jeden Fall sehr klug von deiner Mutter, dass sie dich gleich aus der ›Schusslinie‹ nahm und hierher schickte, als es brenzlig wurde. Sollte, was unwahrscheinlich ist, irgendjemand nach dir fragen, so bist du offiziell bereits seit einer Woche hier bei uns. Was dein Vater außerhalb seiner Geschäftszeit macht, davon hast du keine Ahnung, vergiss das nicht.

Aus Sicherheitsgründen weiß sowieso jeder von uns nur über seinen eigenen Wirkungskreis Bescheid und es ist ihm streng untersagt, sich mit den anderen über seine speziellen Aufgaben auszutauschen. Nur der direkte Gruppenleiter kennt übergeordnete Dinge und nur ihm ist bekannt, warum wer welche Aufgaben erfüllt. So wird im Falle einer Verhaftung sichergestellt, dass der Einzelne nichts im Detail und vor allem keine bedeutenden Namen verraten kann. Aus diesem Grunde sind unsere Gruppen auch relativ klein. Maximal fünf Personen darf eine Gruppe haben.«

Die Tante und auch Gesine fanden es nicht gut, dass mich der Onkel schon während des Essens mit der »Tragik und den großen Schicksalen dieser Welt« überfiel.

Ernst Komutat sah mich überrascht an.

»Ich muss eingestehen, dass ich im Übereifer einfach davon ausgegangen bin, dass der Sohn unseres hochverehrten Gustaf Meinhardt über unsere Ziele informiert ist und dass er die Ideale und den Mut seines Vaters geerbt hat«, sagte er. »Ottmar, ich frage dich also hier vor allen Anwesenden: Weißt du über die Aufgaben des Bundes Bescheid und willst du über das, was dir bekannt ist und was du von uns noch erfahren wirst, vor jedem Anderen außerhalb unseres Kreises schweigen?«

Ich hatte den sehr ernst hervorgebrachten Ausführungen meines Onkels mit nervöser Spannung zugehört. Ich wusste über meinen Vater einiges, aber sicher nicht alles.

Die Aufgabe, in Not geratenen Menschen zu helfen und die ständige Gefahr, die damit verbunden war, hatten etwas Abenteuerliches an sich und gefielen mir schon seit dem Kindesalter, obwohl ich da noch nicht genau begriff, was mein Vater eigentlich machte.

Daher sagte ich zu Ernst Komutat: »Ihr könnt euch auf meine Verschwiegenheit verlassen. Ich würde niemals die Ideale meiner eigenen Familie verraten! Ob ich allerdings alles über den ›Litauischen Bund‹ weiß, kann ich wirklich nicht sagen.

Ich habe mich bisher nur sehr wenig um die Heimlichkeiten meines Vaters gekümmert. Und meine Mutter hat mir gegenüber nie ein Wort darüber verloren. Meine Sympathie für eure Arbeit könnt ihr allerdings voraussetzen. Das, was ich weiß, ist in meinem Sinne!«

Mein Onkel strahlte mich an. »Ich habe von dir keine andere Antwort erwartet«, sagte er zufrieden. Dann fuhr er fort: »In Georgenswalde haben wir nur drei Mitglieder, in Warnicken und Cranz sind jeweils vier Leute für uns tätig und in Königsberg fünf. Wir sind insgesamt nur wenige im Samland und noch

weniger im Ermländischen, aber wir arbeiten sehr effektiv.
Nur ich als Gruppenleiter in Rauschen kenne die Gruppenleiter der vier anderen samländischen Orte, aber nicht deren einzelne Mitglieder, außer deinen Vater selbstverständlich. Umgekehrt ist es genauso. Die Ortsgruppenleiter unterstehen sowohl von der Hierarchie der Organisation als auch von ihrem Gesamtwissen her den Bezirksleitern, diese wiederum berichten an die Landeshauptmänner, von denen es nur zwei in ganz Ostpreußen gibt.
Diese zwei Landeshauptmänner sind unsere oberste Führungsebene, bei der alle Fäden zusammenlaufen. Wie sie aussehen und wie sie tatsächlich heißen, weiß niemand von uns. Sie haben Decknamen und Mittelsmänner, durch die sie per Brief oder durch Boten von den Bezirksleitern mit wichtigen Nachrichten versorgt werden.
Als Kontaktanlaufstelle dient auch ein so genannter ›toter Briefkasten‹ im litauischen Plunge. Auch in Königsberg ist eine weitere verdeckte Nachrichtenstation eingerichtet. Wie du sehen kannst, sind überall gewisse organisatorische Sicherheitsvorkehrungen eingebaut, damit es nur sehr schwer zu einer übergreifenden, völligen Aushebelung kommen kann, wenn uns wirklich einmal jemand verraten sollte oder sich ein Spitzel in unsere Vereinigung einschleust.
Verräter, das gilt bereits jetzt auch für dich, Ottmar, werden schwer bestraft. Bisher mussten wir dieses extreme Urteil allerdings noch nie vollstrecken! Wer irgendwann wieder aussteigen will, kann das jederzeit tun, aber er ist für immer zum Schweigen verpflichtet!«

Ich vergaß während der Ausführungen meines Onkels fast das Essen. Ernst Komutat sah mich freundlich an, doch seiner eindringlichen Stimme war deutlich anzuhören, dass besonders die letzten Sätze sehr ernst zu nehmen waren.

»Ich weiß eure Gastfreundschaft und euer Vertrauen ganz besonders in der jetzigen Situation unserer Familie zu schätzen«, sagte ich ruhig. »Ihr könnt sicher sein, dass ich niemals jemanden verraten würde. Auch dann nicht, wenn ich nicht mit den Zielen der Vereinigung einverstanden wäre. Aber lasst mir bitte noch einige Tage Zeit, mich mit eurer Arbeit und mit euch selbst vertraut zu machen. Nach drei, vier Tagen werde ich mehr wissen, dann kann ich mich wirklich aus Überzeugung entscheiden, was und ob ich etwas für euch tun möchte.«

Die Tante und Elfriede Komutat stimmten mir lautstark bei. »Lasst den Jungen erst einmal zur Besinnung kommen! Es ist schließlich keine Kleinigkeit, den Vater so plötzlich durch eine Verhaftung zu verlieren. Solch eine Entscheidung braucht seine Zeit«, meinten sie übereinstimmend. Und die Tante wandte sich an Gesine: »Du hast doch noch über zwei Wochen Urlaub und könntest Ottmar in den nächsten Tagen betreuen, ihm alles, was wirklich wichtig ist, erläutern und ihm auch die Umgebung von Rauschen zeigen. Ich finde, du passt auch altersmäßig am besten zu Ottmar, ein Generationsproblem wird es da kaum geben. Und wir alle haben in den nächsten Tagen die Gelegenheit, uns gegenseitig ein bisschen zu beschnuppern. Außerdem ist es an der Zeit, dass wir uns endlich um seine Eltern kümmern.«

Gesine Groß sah mich lächelnd an und meinte in ihrer fröhlichen Art: »Wenn Ottmar damit einver-

standen ist, zeige ich ihm sehr gerne, wo's bei uns lang geht.«
Ich war nicht nur einverstanden, ich war restlos begeistert.
Zum Problem mit meinem Vater meldete sich Elfriede Komutat zu Wort. Sie meinte, dass im Moment in Königsberg schon wegen meiner kleineren Geschwister eine Frau wahrscheinlich besser und vor allem unauffälliger Hilfe leisten könne als ein Mann. Sie bot an, diese nicht ungefährliche Aufgabe zu übernehmen und alle anderen stimmten nach einer kurzen Beratung zu.
Und so kam es, dass Elfriede Komutat am nächsten Tag nach Königsberg zu meiner Mutter und meinen Geschwistern fuhr und ich um zehn Uhr morgens von Gesine Groß abgeholt wurde, um neben den detaillierteren Informationen zum »Litauischen Bund« Rauschen und seine nähere Umgebung kennen zu lernen.
Es wurde ein Erlebnis für mich, an das ich noch heute – über 70 Jahre später – mit Wehmut denken muss. Denn diese herrliche Welt im äußersten Nordosten des damaligen Deutschen Reiches ist in einer bedrückenden Vergangenheit für uns alle und die nachfolgenden Generationen auf immer versunken.

Gesine

Wir hatten unsere Badesachen, einen kleinen Beutel mit Proviant und zwei Flaschen mit selbst gemachter Zitronenlimonade in eine große Basttasche gesteckt und los ging es in Richtung Strand. Die Komutats stellten uns freundlicherweise ihre fast neuen Fahr-

räder zur Verfügung. Ich war mehr als froh, in dieser Gluthitze nicht laufen zu müssen.
Sorgfältig klemmte ich unsere Ausflugtasche auf den breiten Gepäckträger meines Rades. Einen aufgeschnittenen Gummiring von einem großen Einmachglas, den mir Gesine reichte, schlang ich zusätzlich um die Tasche und den Gepäckträger. Das gab der ganzen Angelegenheit einen noch sichereren Halt über die zahlreichen Schlaglöcher, Pflastersteine, Baumwurzeln und Sandtiefen, die wir noch zu überwinden hatten.
Gesine kannte eine idyllische, ruhige Badestelle in der Nähe der etwas westlicher gelegenen Kordollingschlucht, die sie mir zeigen wollte. Außerdem sei diese kleine Tour für den Anfang genau das Richtige für meine etwas angeschlagene Gesundheit, meinte sie.
Den silbern flirrenden Spiegel der träge dösenden Ostsee immer zur Rechten und eine leichte Brise im Rücken ging es einen schmalen, wenig benützten Sandweg zwischen alten Kiefern, Föhren und aufgelockerten Buschinseln mal bergauf, dann wieder steil nach unten. Manchmal mussten wir absteigen und unsere Räder durch hohen Sand, schmale Schilfgürtel oder bergauf schieben. Es roch nach Meer, Harz, Wald und einem Sommer, der, wenn ich es hätte beeinflussen können, nie vergehen sollte. Ich genoss diesen Radausflug nach den langen Wochen des Krankenlagers in vollen Zügen.
Gesine fuhr als Ortskundige immer einige Meter vor mir. Sie war auch von hinten betrachtet eine absolute Augenweide. Ihre schmale, fast mädchenhafte Gestalt mit dem wehenden Pferdeschwanz wiegte sich sanft im Rhythmus ihres kraftvollen Fahrstils.

Manchmal sah sie sich fröhlich lächelnd nach mir um, ob ich den Anschluss halten konnte.
Ich war schon nach wenigen Kilometern darüber erstaunt, mit welcher Leichtigkeit und Ausdauer sie jedes Hindernis überwand. Mir fiel die Strecke nicht so leicht. Bei den zwar kurzen, aber steilen Anstiegen vergrößerte sich der Abstand zu ihr immer wieder. Aber oben auf den Anhöhen wartete sie regelmäßig auf mich, bis ich prustend und fluchend bei ihr angekommen war.
Nach einer kurzen Rast, die wir einlegten und nach der sie großzügig die sperrige Tasche auf ihr Fahrrad band, war das plötzlich anders. Hinter einer flachen, sandtiefen Steigung, bei der ich sie erneut aus den Augen verlor, war sie spurlos verschwunden.
Als ich endlich auf der sandigen Kuppe des mit Heidekraut und jungen Birken dicht bewachsenen Hügels vor mir angekommen war, wartete keine spöttisch oder übermütig lächelnde Gesine auf mich. Sie war tatsächlich weg! Einfach so, wie vom Erdboden verschluckt! War sie dieses Mal einfach weitergefahren, ohne auf mich zu warten? Oder wollte sie mir nur einen übermütigen Streich spielen?
Ich stieg ab und lehnte mein Fahrrad am schmächtigen Stamm einer Birke an. Dann ging ich einige Schritte nach unten und rief ihren Namen aus Leibeskräften. Doch alles blieb still. Ich marschierte weiter in die Richtung eines meerblauen Fleckens, der zwischen zwei kleineren Dünen sichtbar wurde.
An der Seite zum Meer hin öffnete eine kleine malerische Bucht den Blick bis zum nahen, menschenleeren Strand hinunter. Ich war verblüfft, als ich Gesines Fahrrad dort unten im Schatten einer Kieferngruppe stehen sah.

Wieder rief ich nach ihr und plötzlich trat sie in einem für die damalige Zeit äußerst gewagten roten Badeanzug zwischen den Bäumen hervor.
»Komm endlich runter, du Schnecke«, rief sie mir frech entgegen. »Oder hast du keine Lust, in der herrlich kühlen See zu schwimmen?«
Und ob ich dazu Lust hatte! Ich stürmte den steilen Abhang mit dem Fahrrad nach unten. Es kam, wie es kommen musste. Eine heimtückische, flach über den Sand ragende Baumwurzel ließ mich mit einem lauten Aufschrei den halben Hang hinunterfallen. Das Fahrrad machte sich selbstständig und schoss 20, 30 Meter vor mir in ein dichtes Brombeergesträuch.
Unten angekommen, fiel ich mit dem Gesicht mitten in eine Sandwehe. Mein Mund füllte sich urplötzlich mit dem weißgrauen, trockenen Ostseestrand.
Hinter mir hörte ich ein rhythmisch gackerndes Geräusch. Gesine stand neben mir und bog sich vor Lachen. Die Tränen des Entzückens rannen über ihr verzerrtes Gesicht und wie eine Erstickende sog sie asthmatisch die Luft in ihre Lungen. Ich war bedient.
Als sie nach einigen Minuten endlich wieder in der Lage war, wenigstens bruchstückartige Sätze zu bilden, schrie sie mich begeistert an: »Ottmar, dein Schlussspurt war unvergleichlich! Jetzt weiß ich endlich, was in dir steckt!«
Ich ging kommentarlos zu dem Brombeergebüsch, in das mein Fahrrad führerlos gerast war. Gottseidank war es bis auf einige Kratzer heil geblieben. Gesine half mir noch immer glucksend dabei, die dornigen Ranken vorsichtig vom Rahmen und den umwickelten Rädern zu lösen. Als das Rad endlich wieder frei war, schob sie es neben das ihre in den lichten Schatten der Kieferngruppe vor uns.

»Schau nicht so beleidigt, Ottmar«, grinste sie mich an. »Es war einfach unmöglich, bei deiner ausgefallenen Art baden zu gehen auch noch tierisch ernst zu bleiben.«

Es musste in der Tat urkomisch ausgesehen haben, wie ich hilflos den Abhang hinunterkullerte.

Zwischen einigen Kaddickbäumchen*, die über eine Sandkuppe lugten, befand sich ein herrlicher, versteckter Platz, an dem wir unsere Decke ausbreiten konnten.

Er war tatsächlich etwas Besonderes. Windgeschützt, Schatten spendend oder gleich daneben die pralle Sonne anbietend und absolut uneinsehbar vom einsamen Strandweg hinter uns, den wir bis hierher geradelt waren. Außerdem waren es nur mehr 60, 70 Meter bis zum Wasser, bis zur überlebensnotwendigen Abkühlungsmöglichkeit an diesem glutheißen Tag.

Trotzdem war ich noch immer gekränkt über Gesines ungehemmte Schadenfreude. Wahrscheinlich sah sie mir das an, denn sie seufzte aufreizend theatralisch: »Geliebter, ach, verzeih mir noch ein letztes Mal.« Dann tat sie so, als würde sie taumelnd zusammenbrechen. Als ich sie verärgert fest hielt, gab sie mir unvermittelt einen flüchtigen Kuss auf den Mund. Ich nahm sie fester in meine Arme und aus dem »Entschuldigungskuss« wurde der unerwartete Beginn einer nie vergessenen Liebe.

Gesine ..., mein Gott, wie lange ist das alles schon her? Aber in diesem Moment, in diesem Sommer des Jahres 1926 zählte nur das Jetzt und Hier, trotz der unterschwelligen Angst um meinen Vater, die mich

---

*Wacholder

seit der überstürzten Abfahrt aus Königsberg bis hierher begleitete. Aber wir waren jung, verliebt und neugierig auf das Morgen und auf uns.
Der Tag verging in einer Mischung aus Küssen, Baden, Herumalbern, Kennenlernen und den mageren Ansätzen aus dem ernsteren Thema »Litauischer Bund«.
Aber ich hatte den Eindruck (und das war mir mehr als recht), dass Gesine dieses Thema nur aus einer Art Pflichtgefühl erwähnte.
Für mich stand jedenfalls nur Gesine im Vordergrund meiner Interessen und ich glaube, ihr ging es nicht viel anders. Wir waren verliebt, so einfach war das.
Politik, Ehre und Pflichtgefühl, an die mich mein Vater manchmal so gerne erinnerte, spielten eine absolut untergeordnete Rolle in diesen drei Wochen in Rauschen.
Die unvergleichliche Bernsteinküste hielt ganz andere Schätze für uns bereit.
An diesem denkwürdigen Tag erfuhr ich auch, dass Gesines Eltern aus Heydekrug dicht an der litauischen Grenze stammten. Ihr Haus war im Laufe der wechselhaften Zugehörigkeitsverhältnisse und des litauisch-deutschen Völkergemischs in Heydekrug schon bald zu einer zentralen Stelle für Emigranten beider Seiten geworden. Gesine selbst war von klein auf zweisprachig aufgewachsen. Als ihre Eltern kurz hintereinander vor etwa sieben Jahren starben, kam sie zu ihrem Onkel nach Lyck in Masuren. Vor knapp zwei Jahren zog sie mit dem schon etwas betagten, aber freundlichen Junggesellen nach Rauschen, wo sie in der Nähe des Postamtes, in dem sie auch arbeitete, ein kleines Häuschen in der Schrö-

derstraße bewohnten. Der Onkel wurde als Bahnvorsteher nach Rauschen versetzt. Gesine war damals 19 Jahre alt, sah aber, wie ich fand, deutlich jünger aus.
Erst spät, so gegen sieben Uhr, machten wir uns wieder auf den beschwerlichen Heimweg. Glücklich, sonnendurchglüht und gespannt auf den nächsten Tag.
Eine Stunde später kamen wir in der Schröderstraße an, wo wir uns verabschiedeten und für morgen um neun Uhr verabredeten. Dann fuhr ich freudetrunken weiter in die Kleine Teichstraße. Das Haus der Komutats lag bereits im Abendschatten des verdämmernden Tages.
Die Familie befand sich auf der Terrasse beim Abendessen. Diesmal saßen auch ein junger, mir noch unbekannter Mann, der etwa fünf bis sechs Jahre älter sein musste als ich, und das Hausmädchen mit am Tisch.
Der blank gescheuerte Holztisch war reichlich mit Brot, Butter, Schinken, Wurst, Käse und zwei Schüsseln gartenfrischer Tomaten und Gurken beladen. In der Mitte stand eine große Glaskanne, in der ein dunkles, aromatisches Bier schäumte und aus der sich alle bedienten. Als ich die Terrasse betrat, erhob sich meine Tante lächelnd vom Tisch. »Schön, dass du da bist, Ottmar«, begrüßte sie mich freundlich. »Von deinem Vater gibt es momentan leider noch keine neuen Nachrichten. Aber wir kriegen das bestimmt bald hin, mein Junge. Komm näher, ich möchte dir unseren ältesten Sohn Heinrich vorstellen.«
Der Unbekannte, ein großer, dunkelblonder Mann mit einem zynischen Gesichtsausdruck, stand auf und musterte mich aus ernsten eisgrauen Augen.

Er reichte mir eine überraschend kleine, fast zierliche Hand. »Heinrich wohnt schon seit gut drei Jahren in Warnicken, Ottmar. Er arbeitet dort in einem kleinen Verlag als Lektor«, fügte die Tante erklärend dazu. »Und das ist Ottmar Meinhardt, der Sohn von Onkel Gustaf aus Königsberg, von dem ich dir vor einigen Tagen bereits erzählt habe«, stellte sie mich Heinrich vor. »Sein Vater ist ja vor drei Tagen wegen des Verdachts der Zugehörigkeit zu einer verbotenen, landesschädlichen Vereinigung verhaftet worden. Angeblich soll er ein Mitglied in diesem mysteriösen ›Litauischen Bund‹ sein. Hirngespinste, nichts als bösartige Verleumdungen. Als ob sich Gustaf jemals für Politik interessierte hätte.
Du kannst dich sicher noch daran erinnern, dass sie auch Papa vor vier Jahren einmal wegen ähnlicher Verdächtigungen nach Cranz zur Sicherheitspolizei vorluden.«
Ein merkwürdiges Lächeln umspielte ihre Lippen. »Aber auch da sollte sich ja bald herausstellen, dass die Vorwürfe alle aus der Luft gegriffen waren.«
Heinrich setzte sich mit hochrotem Kopf wortlos nieder. Ich war total perplex. Sollte Heinrich, der älteste Sohn der Komutats, tatsächlich nichts davon wissen, dass seine Eltern und die meisten ihrer näheren Bekannten aktive Mitglieder im »Litauischen Bund« waren?
Diese Vorstellung empfand ich in diesen Augenblicken als unmöglich. Wie konnte man so etwas vor seinem eigenen Kind verheimlichen? Und warum auch?
Als ich meine Tante musterte, schüttelte sie fast unmerklich den Kopf. Dieses Zeichen wäre gar nicht notwendig gewesen, denn der Schock über diese

plötzliche, unglaubliche Erkenntnis machte mich fürs Erste sowieso sprachlos. Ich nahm mir vor, morgen unbedingt Gesine nach diesem merkwürdigen Rätsel zu befragen.
Ein ebenso unauffälliges Kopfnicken bestätigte der Tante, dass ich sie verstanden hatte. Ihr flüchtiges, unauffälliges Lächeln dankte dafür.
Diese stumme Unterhaltung zuckte in Sekundenschnelle über dem Kopf des sich ahnungslos setzenden Heinrich hinweg. Er hatte nicht das Geringste davon mitbekommen.
Ohne sich irgendetwas anmerken zu lassen, fuhr die Tante gut gelaunt fort: »Erna hast du ja gestern schon kennen gelernt«, meinte sie und sah zu dem Hausmädchen mit den braunen Zöpfen hinüber. »So, aber damit wäre das Offizielle endgültig erledigt. Lass es dir schmecken, mein Junge. Wie war denn dein Tag mit Gesine?«
Gedanklich noch ganz mit dieser soeben erlebten »Ungeheuerlichkeit« beschäftigt, erwischte mich die Frage nach Gesine völlig auf dem falschen Fuß.
Ich lief, ohne es verhindern zu können, rot an und brachte sekundenlang keinen Ton heraus.
»Na, ganz so schlimm wird es doch nicht gewesen sein«, scherzte Ernst Komutat und ein gemütliches, lebenserfahrenes Grinsen huschte über sein markantes Gesicht.
Die Tante legte mir eine Scheibe Roggenbrot auf den Teller und schob die Porzellanplatte mit den anderen Köstlichkeiten zu mir, damit ich sie bequem mit der Gabel erreichen konnte.
»Ach, es war eigentlich ein sehr ruhiger, aber wunderschöner Tag«, begann ich möglichst unbefangen. »Wir lagen in der Sonne, gingen oft ins Wasser und

redeten über alles Mögliche. Natürlich auch über Vaters rätselhafte Verhaftung und über eure freundliche Anteilnahme. Die mitgenommene Wegzehrung war allerdings schon nach zwei Stunden verspeist.«

»Das kann ich mir vorstellen. Die frische Meerluft wirkt oft sehr appetitanregend, in jeder Beziehung«, meinte die Tante viel sagend.

»Wie findest du denn Gesine?«, fragte mich Heinrich unvermittelt und ich hatte das Gefühl, als lauere er förmlich auf meine Antwort. Ich blickte Hilfe suchend zu meiner Tante. Sie nickte mir aufmunternd zu.

»Gesine ist ein wirklich sympathisches, nettes Mädchen«, antwortete ich möglichst harmlos. »Sie hat mir auch ein wenig von sich und ihrer Familie aus Heydekrug erzählt.« Ich goss mir ein Glas Bier ein und trank es in durstigen, langen Zügen halb leer. Beim Trinken sah ich an meinem Glas vorbei auf Heinrich. Es entging mir nicht, wie ein ärgerliches Zucken um seinen schmalen Mund fuhr. Erna, die neben ihm saß, grinste verstohlen in sich hinein.

»Du musst unbedingt diesen phantastischen geräucherten Schinken aus Elbing probieren«, versuchte die Tante die entstandene Pause hausfraulich zu überbrücken.

Ich nickte ihr dankbar zu und lud mir eine große, dünne Scheibe auf den Teller.

»Gesine ist nicht nur ein nettes Mädchen«, giftete mich Heinrich gereizt an. »Sie ist außerdem so gut wie meine Verlobte! Also verhalte dich dementsprechend.«

Peng! Das saß! Mir blieb fast der Bissen Schinken im Hals stecken. Hastig schüttete ich einen Schluck Bier hinterher.

»Seid friedlich, Jungs«, meinte Ernst Komutat väterlich und legte seinem Sohn besänftigend die Hand auf den Unterarm. »Wir haben gestern alle beschlossen, dass sich Gesine um Ottmar kümmern soll. Sie hat schließlich noch Urlaub und passt altersmäßig wohl auch besser zu ihm als unsere fortgeschrittene Generation. Und eines, Heinrich, möchte ich hier und jetzt endgültig geklärt haben: Gesine ist weder dein Eigentum, noch ist sie in irgendeiner Form an dich gebunden! Von einer Verlobung weiß außer dir vermutlich niemand etwas!« Ernst Komutat hatte die letzten Sätze in scharfem Ton an seinen Sohn gerichtet.
Heinrich erblasste. Mit einer jähzornigen Bewegung wischte er die Hand seines Vaters von seinem Arm, stand auf und verließ fast fluchtartig die Terrasse.
»Entschuldige bitte Heinrichs Verhalten«, presste mein Onkel mühsam hervor und man sah ihm deutlich an, dass er damit selber Probleme hatte. »Er ist unverständlicherweise noch immer in Gesine verliebt, sie aber nicht in ihn. Ich war vor zwei Jahren selbst mit dabei, als sie ihm in aller Deutlichkeit erklärt hat, dass sie nur seine Freundschaft möchte und nicht mehr. Aber unser Sohn gehört leider zu der Sorte von Männern, denen man ein ›Nein‹ erst auf die Stirn meißeln muss, bevor sie es kapieren!« Ernst Komutat machte eine wegwerfende Handbewegung. Man sah ihm an, dass damit für ihn die Sache erledigt war.
Das Gespräch beim Abendessen war durch diesen für alle völlig unerwarteten Zwischenfall schon bald einem betroffenen Schweigen gewichen, das nur noch ab und zu von einem vergeblichen Aufmunterungsversuch meiner Tante aufrecht erhalten wurde.

Nach dem Essen ging ich noch für eine halbe Stunde am Strand in der letzten Abendsonne spazieren, bevor ich gegen halb elf Uhr mein Bett aufsuchte. Aufgewühlt von den Gedanken an meinen Vater und vom heute Abend Erlebten, voll berstender Gefühle für Gesine, konnte ich lange nicht einschlafen.
Gesine, sie war ... sie war einfach ... unbeschreiblich.
Am nächsten Morgen kurz vor acht Uhr weckte mich Erna mit einem fröhlichen »Hallo aufwachen, Murmeltier!«, das sie mir begleitet von einem lauten Pochen durch die Zimmertüre schickte.
Um halb neun setzte ich mich geduscht und nach dem herben Rasierwasser meines Vaters duftend an den liebevoll gedeckten Frühstückstisch, wo mich meine Tante wie immer gut gelaunt begrüßte. Ihre Frage, wie ich geschlafen habe, beantwortete ich ausweichend. »Es ist himmlisch ruhig bei euch. In Königsberg ist ja leider auch nachts immer was los.«
»Ja, das ist wohl so«, sinnierte die Tante lächelnd und ich merkte, dass ihre Gedanken vermutlich irgendwo zwischen dem Gestern und Heute hingen. Wir plauderten locker über oberflächliche Dinge. Der gestrige Abend wurde mit keiner Silbe erwähnt. Daher ging ich davon aus, dass die Tante darüber nicht sprechen wollte und stellte keine weiteren Fragen. Ich aß nur wenig und trank dazu eine Tasse Tee, dann stand ich auf und verabschiedete mich von ihr.
»Sag Gesine liebe Grüße von mir und lasst es euch gut gehen, ihr beiden«, gab sie mir noch mit auf den Weg und nahm mich wie geistesabwesend in die Arme.
Nach knapp zehn Minuten stand ich vor dem kleinen, unscheinbaren Häuschen in der Schröderstraße. Es war kurz vor neun Uhr. Ich lehnte das Fahrrad an

dem niedrigen, braunen Holzzaun an und suchte nach einer Glocke. Als ich keine fand, öffnete ich das Gartentürchen einfach und ging auf den Hauseingang zu. Ich kam keine drei Schritte weit, als die Haustür aufging und mir Gesine mit ihrer großen Badetasche entgegenflog.

»Hallo Schnecke«, rief sie mir fröhlich entgegen. »Ich warte schon eine Ewigkeit auf dich!«

Sie küsste mich im Vorbeihuschen und verschwand ebenso schnell hinter dem Haus. Als ich noch unschlüssig dastand, kam sie auch schon mit einem uralten, schwarzen Damenfahrrad daher. »Das ist mein selbst repariertes, geöltes und auf Hochglanz poliertes ›Rennrad‹«, meinte sie stolz. Ich sah eher mitleidig auf das altertümliche Gefährt hinunter. »Rennrad?«, fragte ich ungläubig. »Sieht eher aus wie ein Überbleibsel aus dem vorigen Jahrhundert.«

Ich hatte sie schwer beleidigt.

»Weißt du überhaupt, was dieses Fahrrad schon alles erlebt und überlebt hat?!« Sie funkelte mich zornig an. »Dieses Fahrrad hat bereits meine Mutter und Großmutter durch dick und dünn getragen! Und niemals, hörst du, niemals hat es jemanden im Stich gelassen!« Sie polierte nach dieser energischen Feststellung noch einmal das leicht verbogene Schutzblech über dem Hinterrad nach und strich fast zärtlich über den massiven Rahmen.

»Solide deutsche Wertarbeit, das sieht man sofort«, versuchte ich mich nachträglich einzuschleimen. Es missglückte.

»Mein Gott, du hast wirklich keine Ahnung«, zischte sie mich an. »Siehst du nicht, dass dieses Prachtstück aus Holland kommt? Oder glaubst du, dass Heerenveen in Ostpreußen liegt?«

Sie zeigte auf einen schon etwas verblassten, ehemals goldfarbenen Schriftzug.
»Heerenveen?«, murmelte ich betroffen. »Natürlich, Heerenveen! Ein bezaubernder kleiner Ort. Ich glaube, dort war ich ja erst vor drei, vier Jahren im Sommerurlaub.«
»Angeber«, seufzte sie achselzuckend. »Weißt du überhaupt, was ich heute mit dir vor habe, Weltmann?«
»Nein, woher auch?«, antwortete ich ahnungslos. »Du bist meine Reiseführerin. Ich bin dir also hoffnungsvoll ausgeliefert!«
»Sehr richtig«, bemerkte sie trocken. »Heute geht es eine ziemlich anspruchsvolle Route bis nach Sassau, zu den ehemaligen Bernsteingruben, an der ›Venusschlucht‹ und dem Aussichtspunkt vorbei auf der oberen Uferpromenade entlang.
In der Nähe der inzwischen neu aufgeforsteten Gruben liegt das bekannte Cafe ›Bellevue‹, wo wir eine kurze Rast einlegen können, damit du mich stilgerecht zum Kuchen einladen kannst. Dann geht es weiter zur ›Loppöhner Spitze‹ und dem ›Steinernen Meer‹, so. Auf dem Rückweg fahren wir dann noch durch die ›Großen Katzengründe‹ und auf den ›Karlsberg‹. Man hat einen grandiosen Blick von seinem Gipfel über das Meer, den Strand und einen Teil des Kurischen Haffs. Wenn du nicht wieder so schlapp wie gestern bist, finden wir vielleicht auch noch etwas Zeit zum Baden. Wie gefällt dir das?«
Ich war schon vom Zuhören fix und fertig. »Willst du mich umbringen?«, protestierte ich halbherzig. »Ich brauche Schonung und viel Rücksicht auf meine angeschlagene Gesundheit. Vor allem aber brauche ich Wärme, Geborgenheit und echte Zuneigung.«

»Sind dir 30 Grad im Schatten noch nicht genug?«, spottete sie kühl und verstaute ihre mächtige Badetasche auf dem Gepäckträger ihres urzeitlichen Gefährts. »Und was die Geborgenheit betrifft«, fuhr sie unbeirrt fort, »kannst du dich kaum beschweren, dass du bei den Komutats davon zu wenig bekommst. Es bliebe also noch die ›echte Zuneigung‹. Aber was du darunter verstehst, ist mir ohnehin nicht klar.«
Sie sah mich provozierend an. »Und ob ich bei dieser Hitze noch für komplizierte Erklärungen aufnahmefähig bin, ist sehr, sehr zweifelhaft.«
Aber am späten Nachmittag hatten wir dann doch die Zeit, an einer kleinen, abgeschiedenen Stelle baden zu gehen. Und dort ergab sich endlich auch die Gelegenheit, jene Frage zu stellen, die mir seit gestern Abend keine Ruhe mehr ließ. Warum wusste Heinrich Komutat offensichtlich nichts von den Aktivitäten seiner Eltern im »Litauischen Bund«?
Gesine zögerte anfangs mit einer Antwort. »Ich weiß nicht, ob es richtig ist, dass ich dich darüber aufkläre, Ottmar. Ulrike und Ernst Komutat wollten scheinbar nichts darüber erzählen, sonst hätten sie das sicherlich längst getan. Dass Heinrich gestern Abend zu Besuch da war, damit hatte vorher sicherlich niemand gerechnet. Heinrich wird bei seinen Eltern seit ..., na ja, eben seit jenem Vorfall vor drei, vier Jahren nicht mehr gerne gesehen. Dazu kommt, dass er mir ständig nachstellt, ohne dass ich ihn dazu jemals ermuntert hätte. Jeder, der im Hause der Komutats ein und aus geht, hat so seine Schwierigkeiten mit Heinrich.«
Ich wurde immer neugieriger, immer ungeduldiger. »Aber es ist doch auch gefährlich für eure Organisa-

tion und nicht zuletzt für euch selber, wenn ich vielleicht aus Ahnungslosigkeit vor Heinrich oder einem seiner Bekannten, die noch auftauchen könnten, irgendetwas ausplaudern würde, was ich womöglich besser für mich behalten sollte. Wenn mir zum Beispiel gestern Abend, als das Gespräch unverhofft auf den »Litauischen Bund« wegen meines Vaters kam, die Tante nicht so geistesgegenwärtig einen Wink gegeben hätte, dass ich schweigen soll, dann säßen wir alle schon jetzt mächtig in der Tinte.«

Gesine überlegte kurz, dann nahm sie meine rechte Hand in die ihre und sagte ganz ernst: »Also gut Ottmar, wahrscheinlich hast du Recht. Außerdem vertraue ich dir.«

Sie sah mir direkt in die Augen und ich spürte eine vorher nie gekannte Nähe zu einem Menschen, die mich fast schwindlig machte.

»Heinrich hat vor etwa vier Jahren seine Eltern quasi bei der Polizei denunziert. Zwar unwissend, aber doch so, dass den Komutats hinterher klar wurde, dass ihr ältester Sohn von einer dermaßen nationalen Denkweise vergiftet ist, die keine Aufklärung über ihr heimliches Tun im Bund zuließ. Heinrich verdächtigte einen intimen Bekannten seiner Eltern, mit einer ihm damals noch unbekannten politischen Untergrundorganisation zu kooperieren. Wie er an dieses Wissen kam, ist uns allen bis heute noch unklar. Wahrscheinlich hatte er irgendwann einmal zufällig ein vertrauliches Gespräch im Haus seiner Eltern belauscht, ohne die näheren Zusammenhänge zu verstehen. Obwohl er für seine Verdächtigungen keine ausreichenden Beweise hatte, ging er zur Polizei. Natürlich wurden seine Eltern mit in diese Affäre hineingezogen. Es entstand für alle damaligen

Mitglieder des ›Litauischen Bundes‹ in Rauschen eine höchst gefährliche Situation. Heinrich half den Ermittelnden der Sicherheitspolizei nach Kräften beim Durchsuchen des elterlichen Hauses nach verdächtigen Unterlagen. Warum auch immer. Auch auf die von der Polizei übersehenen Winkel und geheimen Fächer wies er ›pflichtbewusst‹ hin. Es war ein unglaubliches Glück, dass die Komutats erst wenige Tage zuvor alle wichtigen Unterlagen bei Wladislaw Kejstut, den du gestern Abend ja auch kennen gelernt hast, abgegeben hatten. Er sollte eine Bestandsliste aller vorhandenen Unterlagen anfertigen und erhielt nur darum vorübergehend alle Papiere, die bis dahin bei den Komutats lagerten. Ernst Komutat und dieser von Heinrich verdächtigte Bekannte wurden vorübergehend von der Polizei festgenommen. Nach knapp einer Woche ließ man sie jedoch wieder laufen, da man ihnen nichts beweisen konnte.
Wladislaw Kejstut hatte vorausschauend nach der Verhaftung von Ernst Komutat alle Unterlagen verschwinden lassen und stand dann sauber und unschuldig da, als auch sein Haus zwei Tage später gefilzt wurde. Bei keinem der Verdächtigen konnte etwas wirklich Belastendes gefunden werden. Heinrich zog es nach diesem Vorfall selbst vor, das Haus seiner Eltern zu verlassen und sich in Warnicken nieder zu lassen. Seitdem ist der Kontakt zu seinen Eltern eher zufällig als geplant zu nennen.
Gewünscht ist er jedenfalls von Ernst und Ulrike nicht. Daher gehe ich auch davon aus, dass Heinrich gestern Abend völlig unvorhergesehen erschienen ist.«
Ich sah Gesine fassungslos an. »Warum lassen sie dieses Schwein überhaupt noch in ihr Haus?«

»Er ist immerhin noch ihr Sohn, Ottmar. Wenn er sich auch nicht gerade so entwickelt hat, wie es sich die Komutats gewünscht hätten.«

Die Situation kam mir dennoch unverständlich, ja grotesk vor. Aber Gesine lenkte meine Gedanken schnell wieder in eine andere Richtung. Unser Ausflug wurde ein vor allem durch sie herrliches Erlebnis, ebenso wie die folgenden Tage und Wochen.

Die abwechslungsreiche Landschaft der Bernsteinküste mit ihren Schluchten, Dünen, Wäldern und der vielgesichtigen Ostsee sollte mir nie wieder aus dem Kopf gehen.

Es war wirklich wie in einem Paradies.

Als wir am Abend gemeinsam bei den Komutats ankamen, empfing uns meine Tante bereits an der Haustür mit einem strahlenden Gesicht. »Ottmar, Gesine! Kommt schnell rein, wir haben gute Nachrichten für euch!«

Wir lehnten die Fahrräder an den Gartenzaun und folgten Ulrike auf die Terrasse. Dort saßen bereits mein Onkel, Elfriede Komutat und der finstere Wladislaw Kejstut.

Wir setzten uns auf die beiden freien Plätze zwischen dem Litauer und meinem Onkel.

Elfriede Komutat platzte gleich mit den guten Nachrichten heraus, kaum dass wir Platz genommen hatten. »Dein Vater, Ottmar, ist wieder zu Hause. Unser Anwalt hat ihn heute Vormittag frei bekommen. Ohne Auflagen, ohne irgendwelche weitere Repressalien gegen ihn oder eure Familie!«

Ich war völlig überrascht, bereits jetzt mit dieser Nachricht konfrontiert zu werden.

Mir fiel einerseits ein schwerer Stein vom Herzen, andererseits sah ich die Zeit mit Gesine damit als beendet an. Ich wusste nicht recht, ob ich mich freuen oder trauern sollte. Mein Dank fiel daher wohl deutlich vernehmbar zwiespältig aus.

Aber die Tante lächelte uns nur verständnisvoll an und meinte: »Natürlich bleibt Ottmar trotzdem unser Gast. Zumindest so lange, wie Gesine Urlaub hat.«

Vor aller Augen drückte sie uns die Hand und fügte launig hinzu: »Wir wissen schließlich, was sich gehört.«

Ich stand spontan auf und umarmte sie und Elfriede. Gesine fing einfach an zu heulen. Der griesgrämige Kejstut ließ sich zu einem überraschend mitfühlenden Seufzer hinreißen, der so ähnlich wie »herrlich« klang und mein Onkel meinte gut gelaunt, dass dieser Tag zum Abschluss wohl einen besonderen Tropfen verdient hätte. Erna holte drei Flaschen Mosel aus dem Keller und setzte sich zu uns. Es wurde ein fröhlicher, unbeschwerter Abend, wie ich ihn lange nicht mehr erleben sollte.

Ich begleitete Gesine gegen halb ein Uhr morgens mit dem Fahrrad nach Hause. Wir waren noch immer in einer aufgewühlten, glücklichen Stimmung.

Als wir in der Schröderstraße angekommen waren und sie leise die Haustür öffnete, um ihren Onkel ja nicht zu stören, drehte sie sich noch einmal zu mir um, umarmte mich heftig und flüsterte mir jene Worte ins Ohr, die ich nie mehr vergessen sollte:

»Ich liebe dich, Ottmar Meinhardt, mehr als ich dir heute sagen kann.« Dann verschwand sie fast geräuschlos im Haus. Ich blieb noch minutenlang wie betäubt auf der Treppe stehen.

Die folgenden knapp drei Wochen vergingen viel zu schnell. Es war wie ein glückseliger Rausch.

Gesine wurde meine Geliebte, nach dem Urlaub meine Verlobte und schließlich die Mutter unserer Tochter Laura.
Als der Urlaub zu Ende ging und ich deprimiert Abschied von ihr nehmen musste, dachte ich, dass die Welt untergehen würde. Aber das tat sie merkwürdigerweise nicht. Es war ihr ziemlich egal.

Das andere Leben

Das Leben ging relativ ungerührt weiter, wenn auch in ganz anderen, wesentlich nüchterneren Bahnen. Dass wir uns wie wahnsinnig liebten, interessierte außer meiner Familie, die Komutats und Gesines Onkel niemanden sonderlich. Und das bedeutete vorläufig Trennung, Warten, Geduld und zahllose Briefe, in denen wir uns Mut machten und unsere Liebe beschworen.
Meine Eltern, denen ich kurz nach dem Urlaub Gesine vorstellte, waren sofort von ihr begeistert. Besonders meine Mutter. Sie drohte mir sogar ernsthaft mit Enterbung, sollte ich dieses »wundervolle Wesen jemals in irgendeiner Weise kränken«.
Auch meine jüngeren Geschwister Erika und Gernot meinten, dass sie es absolut nicht verstünden, wieso sich Gesine ausgerechnet für mich interessierte. Ich verstand diese Unverschämtheit als Kompliment.
Am 19. Mai 1927 kam unsere Tochter im Kreiskrankenhaus in Cranz zur Welt. Sie wurde fast ein Ebenbild ihrer wunderschönen Mutter.
Die geplante Hochzeit mit Gesine am 10. März 1927 in Königsberg wurde durch die schwere Erkrankung meiner Mutter verhindert. Sie starb bereits vier Wo-

chen nach dem ursprünglich geplanten Hochzeitstermin völlig unerwartet an einem Gehirnschlag.
Mein Vater konnte diesen schlimmen Schock bis zu seinem Tode nie überwinden. Für mich bedeutete der Tod meiner Mutter ebenfalls einen schmerzlichen Einschnitt in meinem Leben, den ich viele Jahre mit mir herumzutragen hatte.
Mein Vater band mich nun notgedrungen wesentlich fester in den Ablauf unseres kleinen Kurzwaren- und Konfiseriegeschäftes auf dem Kneiphof ein.
Warenbestellung, Kundenbedienung und Abrechnungen bestimmten fortan meinen Alltag. Begeistert war ich darüber wahrlich nicht. Aber was sollte ich machen? Ich konnte meinen Vater, der nach dem Tod der Mutter nur noch ein Schatten seiner selbst war, nicht im Stich lassen.
Gesine lebte in dieser Zeit noch immer bei ihrem Onkel in Rauschen. Das Geld für eine eigene, gemeinsame Wohnung in Königsberg konnten wir nicht aufbringen und die Wohnung meines Vaters war für sechs zu erwartende Personen einfach zu klein.
Gesine hatte während der Schwangerschaft ab dem siebten Monat ihren Dienst beim Telegrafenamt aufgeben müssen. Wir waren daher froh, dass sie ihr Onkel mit dem Kind weiterhin bei sich aufnehmen konnte, litten jedoch sehr unter dieser zwangsweisen Trennung.
An jedem Wochenende besuchte ich Gesine und Laura. Natürlich schmiedeten wir Pläne, wie es weitergehen könnte oder zumindest weitergehen sollte. Aber der finanzielle Rahmen war durch Gesines Arbeitsplatzverlust sehr eng gesteckt. Sie wollte sich nach der Geburt unserer Tochter verständlicherweise vorerst nur um das Kind kümmern.

Und so ging es zwei Jahre lang mit einer Wochenendbeziehung weiter. Aber wir waren verliebt wie am ersten Tag. Niemand und nichts hätte uns jemals auseinander gebracht. Außer – der Tod.

Am 13. September 1929 wurde Gesine beim Spaziergang über den Klippen bei Obrotten von vier jungen, angetrunkenen Offizieren belästigt. Auf der Flucht vor ihnen stürzte sie über 60 Meter in die Tiefe und brach sich das Genick.

Ein Zeuge, der die Szene beobachtet und die Polizei verständigt hatte, wurde später wegen seiner »das Militär diskriminierenden Aussage« zu mehreren Monaten Haft verurteilt. Aber was bedeutete das alles noch? Gesine, meine unvergleichliche Gesine war unwiederbringlich tot!

Eine ganze Welt brach für mich zusammen. Das Leben erschien mir lange Zeit als sinnlos und unerträglich. Aber ich hatte eine Tochter. Allein wegen ihr musste es weitergehen.

Ich nahm Laura zu mir und meinem Vater und wir zogen sie gemeinsam auf. Sie entwickelte sich sehr schnell zu dem, was auch ihre unvergessene Mutter gewesen war: Zu einem Menschen, der nur Licht, Freude und Optimismus um sich verbreitete.

Mein Vater war total vernarrt in Laura. Sie wickelte ihn um sämtliche Finger. Aber sie nützte die Zuneigung, die ihr überall entgegenströmte, nie aus. Als Laura zwölf Jahre alt wurde, starb mein Vater im Alter von 73 Jahren. Einen Tag nach ihrem ausgiebig gefeierten Geburtstag.

Ich verkaufte das nie sonderlich geliebte Geschäft meines Vaters und zog mit meinen Geschwistern und Laura an den Stadtrand von Königsberg, nach Maraunenhof, wo wir eine großzügige Fünf-Zimmer-

Wohnung mit einem schönen, etwas verwilderten Vorgarten bezogen.
Einige Tage später begann ich meine schon lange geplante Tätigkeit in der Königsberger Stadtbibliothek. Dem »Litauischen Bund« verpflichtete ich mich zeitlebens nie, obwohl ich mit den Komutats und den Personen, die ich durch sie kannte, stets einen herzlichen Kontakt pflegte.
Ich hatte schon immer eine wahrscheinlich nicht unbegründete Angst gehabt, mich in dieser problematischen Zeit politisch zu engagieren, und sei es auch nur sozialpolitisch.
Als die Nationalsozialisten 1933 in Deutschland die Macht übernahmen, änderte sich allmählich, wenn auch etwas zeitverzögert, das gesellschaftliche Leben in Ostpreußen. Die bisherige Beschaulichkeit und Abgeschiedenheit wurde hektischer und vor allem demagogisch. Die folgenden Jahre brachten viel Arbeit und waren gekennzeichnet von politischen Unruhen. Ich lebte sehr zurückgezogen mit meinen Geschwistern und Laura. Der nächste Schicksalschlag ließ jedoch nicht lange auf sich warten.
Meine geliebte Tante Ulrike Komutat starb 1942 an den Folgen einer Nierenbeckenentzündung. Mein Onkel folgte ihr bereits zwei Jahre später durch einen spektakulären Sprung vom Ordens-Kirchturm von Sankt Lorenz.
Mit den übrigen Mitgliedern des »Litauischen Bundes« hatte ich nach diesem Drama nur noch lose Verbindungen. Es war für sie auch äußerst gefährlich geworden, weiterhin im Untergrund tätig zu sein. Überall wurden schon bei geringsten Verdächtigungen »reichsfeindliche Elemente« festgenommen. »Geständnisse« wurden oft mit der Folter erzwungen.

Bereits im Verlauf des Jahres 1941 hatte sich der »Litauische Bund« inoffiziell und unbemerkt aufgelöst. Die internen Kontakte erloschen durch den eingefrorenen Informationsfluss von allein.
Im April 1939 lernte ich eine junge, attraktive Witwe kennen, die ich Anfang 1940, wenige Monate nach dem Beginn des Zweiten Weltkriegs in Königsberg heiratete.
Ich mochte Luise, eine weichherzige, 28-jährige Kaufmannstochter aus bestem Hause zwar, aber dennoch war es wohl mehr eine Vernunftehe zu nennen, die wir eingingen.
Sie wollte ihre Vergangenheit durch eine neue Partnerschaft vergessen und mir ging Gesine nie aus dem Kopf. Nach der Heirat mussten wir allerdings beide sehr schnell feststellen, dass wir unsere Vergangenheit auf diese Weise nicht bewältigen konnten. Und so kam es mitten im Krieg 1943 auch zur logischen Trennung. Der Einzug zur Wehrmacht blieb mir durch einen Unfall zum Glück erspart. Am Weihnachtstag 1941 fiel ich beim Schmücken eines riesigen Weihnachtsbaums von der wackeligen, alten Stehleiter unseres Nachbarn. Das Ergebnis waren drei gebrochene Lendenwirbel und ein komplizierter Handgelenksbruch. Auch nach der erfolgreichen Operation blieben mir ständige Rückenbeschwerden und eine rechte Hand, die keine größeren Belastungen aushielt, als Erinnerung zurück.
Trotzdem bestand immer die Gefahr, dass ich spätestens gegen Ende des Jahres 1944 eingezogen werden konnte. Und die russische Ostfront war nicht gerade bekannt dafür, große Überlebenschancen zu bieten. Im Oktober 1944 entschloss ich mich schweren Herzens dazu, mit Laura und meinen inzwischen er-

wachsenen Geschwistern nach Norddeutschland zu fliehen. Ein entfernter Verwandter meines Vaters, der im »Alten Land« in der Nähe von Hamburg eine kleine Landwirtschaft besaß, hatte uns schon vor Wochen geschrieben, dass wir problemlos bei ihm unterkommen könnten. Nach langem Hin und Her entschieden wir uns schließlich zur Fahrt in diese völlig neue, unbekannte Welt. Als Königsberg Anfang 1945 endgültig in Schutt und Asche versank, waren wir schon in Sicherheit.

So wurde ein Hof mit etwa 3000 Quadratmetern Grund in der unmittelbaren Nähe der Hansestadt Hamburg unser neues Zuhause.

Laura heiratete im September 1954 einen wirklich sympathischen jungen Mann aus einer angesehenen Reederfamilie in Bremen. Ein Junge namens Erich und ein weiteres Kind in »Wartestellung« komplettierten ihre Familie.

Meine Schwester Erika kam ein Jahr später ebenfalls »unter die Haube«. Nur Gernot genoss nach wie vor und aus Überzeugung das süße Junggesellendasein in vollen Zügen.

Der Kontakt zu meinen beiden Geschwistern und zu Laura und ihrer Familie war herzlich und absolut problemlos. Ich hatte das Gefühl, dass wir uns hier im »Ausland« sogar noch enger aneinander schlossen. Es verging kaum ein Tag, an dem wir uns nicht entweder sahen oder ausgiebig miteinander telefonierten. Seit der deutschen Wiedervereinung 1989 wurde es nach langen, langen Jahren endlich möglich, auch in den nördlichen, russisch besetzten Teil Ostpreußens zu gelangen.

Bei meiner ersten Reise nach Königsberg und nach Rauschen (jetzt Swetlogorsk) 1991 blutete mir das

Herz so sehr, dass ich auf weitere Besuche in der alten Heimat verzichtete. Die 50 Jahre nach der Flucht aus Ostpreußen waren einfach noch nicht problemlos zu bewältigen. Es hatte sich zu viel verändert, zu viel an Hoffnungen und Gefühlen angesammelt.
Die Zerstörungen, Verwahrlosung und brutalste Verunstaltungen in Königsberg durch abgrundtief hässliche Beton- und Plattenbauten sind dermaßen entstellend, dass sich die Bilder der Erinnerung in mir so sehr dagegen sträubten und ein weiterer, intensiverer Besuch wie ein Verrat an ihnen erscheinen musste.
Erst im Dezember 1997, sechs Jahre nach dem ersten Besuch und zwei Jahre vor der Jahrtausendwende, dachte ich wieder daran, ins Samland zu fahren. Denn ich spürte, dass ich nicht mehr allzu lange zu leben hatte. Immerhin war ich jetzt fast 93 Jahre alt. Und dennoch nicht alt genug für dieses Leben.
Es heißt dann endgültig Abschied nehmen von meinem geliebten Königsberg, und sei es auch nur noch ein hässlicher Schatten von einst, Abschied nehmen von der unvergleichlichen Bernsteinküste und Abschied nehmen von Gesine, die unter einem verwilderten, lange vergessenen Grabhügel am Ortsrand von Rauschen unter dem Sand liegt und an mich denkt. Genau so wie ich.

Die Rückkehr

Am 20. August 1998 erhielt ich die lang ersehnte Nachricht aus Russland. Die Bestätigung der Einreiseerlaubnis und eine unbegrenzte Aufenthaltsgenehmigung nach »Kaliningradskaja Oblast« lagen in meinem Briefkasten!

Ich hatte mich in den letzten Monaten endgültig zu dem »Wahnsinn« durchgerungen, an der Samlandküste oder in Königsberg zu sterben. Also zu Hause oder in meinem unvergessenen Paradies an der Bernsteinküste.
Die ersten Kontakte mit den russischen Behörden seit Anfang 1998 verliefen sehr Erfolg versprechend. Zu meiner eigenen Überraschung. Nachdem ich eine offenbar überzeugende und beglaubigte Aufstellung meiner gesicherten Vermögensverhältnisse bei den Behörden abgeben konnte, und eine schriftliche Garantie für die Übernahme der Kosten meiner Beerdigung beilegte, stand man in der russischen Botschaft meinem Entschluss zwar kopfschüttelnd, aber immerhin wohlwollend gegenüber. Der endgültige Einreisetermin oder besser gesagt die »Heimreise« nach Königsberg war für den 25. September 1998 geplant.
Meine Angehörigen, allen voran meine beiden Geschwister, dachten am Anfang, dass ich nur eine vorübergehende »Altersspinnerei« in sentimentaler Stimmung laut ausgesprochen hätte. Als sie ab Anfang August jedoch mitbekamen, wie gründlich ich mich auf mein neues Leben in der alten Heimat vorbereitete, waren sie geschockt.
Nur meine »Kleine«, Laura, konnte meinen Entschluss nachempfinden und verstehen. Ja, sie beneidete mich sogar um diese Entscheidung.
Eine vierköpfige, deutschrussische Familie namens Wolkow sollte sich am nördlichen Stadtrand Kaliningrads um mich kümmern. Sie hatten zwei Töchter im Alter von zwölf und 14 Jahren und genügend Platz in ihrer Erdgeschoss-Wohnung. Außerdem sollte es einen kleinen, dazugehörenden Garten ge-

ben. Die Wolkows waren mir von einem deutsch-russischen Kulturverein schon vor einigen Monaten empfohlen worden. Mein Antrag, bei dieser Familie wohnen zu dürfen, wurde überraschend schnell und unbürokratisch befürwortet.

Die vertraglich zugesicherten 900 Mark pro Monat ernährten nicht nur mich, sondern die ganze Familie. Michail Wolkow, das Familienoberhaupt, war das Urbild eines russischen »Bären«. Groß, breit, semmelblond und reichlich mit Russlands »Sääle« ausgestattet.

Der ehemalige Offizier der Luftwaffe arbeitete schon seit fünf Jahren als Beamter im Denkmalschutzbereich der Stadt. Oft hörte ich den ganz gut deutsch sprechenden 40-jährigen Mann von den finanziellen Problemen in seinem und vielen anderen Bereichen erzählen. Nicht nur, dass selbst das dringend notwendige Geld für einfachste Reparaturmaßnahmen fehlte, auch seine sowieso schon geringe Entlohnung wurde monatelang gar nicht oder nur teilweise ausbezahlt.

Dunja Wolkow, eine vor über 15 Jahren aus Kasachstan eingewanderte deutschstämmige Frau von schätzungsweise 35 Jahren, war rein äußerlich das genaue Gegenteil ihres wuchtig wirkenden Mannes. Mittelgroß und überaus schlank, wirkte sie fast zerbrechlich. Ein offenes, ebenmäßiges Gesicht mit dunkelbraunen Augen wurde von relativ kurzen, rotblonden Haaren eingerahmt. Sie vermochte mich so freundlich und herzlich anzulächeln, dass meine manchmal etwas düsteren Gedanken schnell wieder verschwanden.

Ihre beiden Töchter Katharina und Olga hatten die ruhige, freundliche Art ihrer Mutter geerbt. Auch

äußerlich schienen sie mehr nach der Mutter zu geraten, was für die beiden Mädchen sicherlich nur von Vorteil sein konnte.
Die Wohnung der Wolkows war eine etwa 140 Quadratmeter große Sechs-Zimmer-Wohnung in einem der heute in Kaliningrad üblichen Plattenbauten. Früher musste da einmal der alte Hansaplatz gewesen sein.
Da die Wohnung im Parterre lag, konnten meine Gastgeber einen abgegrenzten Teil des vor dem Haus liegenden Grundstücks als Garten verwenden. Dieses liebevoll ungepflegte Stückchen Natur war bald der Haupt- und Lieblingsplatz von Michail und mir. Stundenlang saßen wir oft dick vermummt in einem windgeschützten Winkel hinter den schon herbstlich gefärbten Sträuchern an einem kleinen Tisch und spielten Schach oder wir erzählten uns in allen Einzelheiten, wie es in Deutschland oder Kaliningradskaja Oblast ist und was ich noch alles vor hatte.
Michail hing an meinen Lippen, als sei ich ein bedeutender Prophet. Natürlich stand auch immer eine Flasche Wodka oder ein scheußlich schmeckender roter Schnaps zwischen uns auf dem Tisch und leerte sich betulich, aber konstant, je länger unsere Gespräche dauerten.
Der Russe war ein sensibler, einfühlsamer Mann, der mir von Tag zu Tag immer mehr ans Herz wuchs. In seiner geradlinigen, unkomplizierten Art gab er mir bald zu verstehen, dass er an meiner Stelle schon früher hierher zurückgekommen wäre. Auch wenn es in Deutschland noch so viel Luxus und Meinungsfreiheit gäbe.
»Heimat durch nix zu ersätzen, Ottmar. Heimat für Sääle gräßte Luxus und Trauer schnieren Freiheit ein

wie Paket. Ich dir versichern, so ist«, war seine nicht zu verleugnende Philosophie.
Mit Michails Hilfe gelang es mir fast täglich, unter der modern hässlichen Fassade Kaliningrads Plätze, Straßen und einzelne Häuser und Gebäude des alten Königsbergs ausfindig zu machen. Natürlich meistens nur rein gedanklich-geografisch. Aber immerhin.
In der Innenstadt war fast nichts mehr vom früheren Glanz dieser prächtigen Stadt vorhanden. Trotzdem stand ich oft andächtig vor einem heruntergekommenen Wohnsilo oder einem zubetonierten Platz, weil an dieser Stelle zum Beispiel einmal die Wohnung unserer Familie gewesen sein musste oder weil da oder dort vermutlich der kleine, ungeliebte Laden meiner Eltern gestanden hatte. Heute würde ich ihn abgöttisch lieben, wenn es ihn noch gegeben hätte, da war ich mir absolut sicher.
Michail lächelte nur verständnisvoll, als ich ihm diesen sentimentalen Meinungsumschwung erklärte. Natürlich heulte ich vor dem einplanierten »Nichts« meiner ehemaligen Schule und stand erschüttert am Kaiser-Wilhelm-Platz, wo das Jahrhunderte alte Königsschloss einfach fehlte, unverständlicherweise nicht mehr da war.
Noch immer schwer gekennzeichnet von den blindwütigen Zerstörungen des Krieges steht der Dom auf der Kneiphofinsel. Mühselig wurden seine Reste restauriert, unfertig, unschlüssig, wie es mit ihm weitergehen soll, so steht er da. Daneben das unzerstört gebliebene Grabmal von Immanuel Kant, der zentralen Gestalt des 18. Jahrhunderts in der majestätischen Stadt am Pregel.
Vieles, zu vieles aus dieser alten, prachtvollen Ver-

gangenheit beugte für immer das Knie vor der Vergänglichkeit.
Schon nach drei oder vier Wochen war für mich klar: Königsberg ist nur noch der Ort meiner Geburt und Heimat, aber nicht mehr das Ziel meiner Sehnsucht.
An einem nebelgrauen Oktobertag saß ich mit der ganzen Familie Wolkow im Wohnzimmer zusammen und beratschlagte, wie es weitergehen könnte.
Michail kannte im ehemaligen Neukuhren, heute Pionerskij, einen jungen Mann aus seiner Militärzeit, der außerhalb des Ortes am Strand ein geräumiges Holzhaus bewohnte. Er lebte hauptsächlich vom Fischfang und vom Verkauf der am Strand aufgespürten Bernsteinstücke. Eine Frau aus dem Ort kümmere sich um seinen Haushalt und manchmal auch um ihn, fügte Michail grinsend hinzu.
Wir beschlossen, mit der ehemaligen »Samlandbahn«, jetzt natürlich längst eine Bahn der Russischen Republik, in einigen Tagen zu ihm an die Samlandküste zu fahren. Vorher wollte ihn Michail noch telegrafisch »vorwarnen«.
Mein Herz schlug fast ebenso heftig wie vor 75 Jahren, als die Familie Wolkow und ich im Zug zur Bernsteinküste durch die bekannte wildromantische Landschaft fuhren. Wie damals wählten wir die Wegstrecke über Cranz. Pionerskij lag nur wenige Kilometer von Rauschen entfernt! Als der Zug an der Ostsee entlang fuhr und wir unserem Ziel immer näher kamen, schnürten mir die Erinnerungen fast die Kehle zu. Dunja sah wohl das verdächtige Glitzern in meinen wässrigen Augen, drückte mich spontan an sich und ihr Wunder wirkendes Lächeln ließ meine Gedanken rasch wieder auf den harten Holzbänken des Zugabteils Platz nehmen.

»Liebä?«, fragte sie nur kurz. Als ich bejahte, nickte sie mir nur verständnisvoll zu.
Auch die beiden Mädchen hingen fasziniert an den Fenstern und bestaunten die großartige Landschaft und das silbern flirrende Meer zu unsrer Rechten. Kaum 30 Minuten dauerte diese Fahrt in die Vergangenheit und wir standen am kleinen, schmutzigen Bahnsteig von Pionerskij. Draußen auf der Straße lehnte sich ein älterer Mann mit einer Pfeife im Mund an die breite Motorhaube eines ebenso betagten Moskwitch.
»Das ist Vater von Pjotr und Liebling von meine Mäddchen. Seine Name Oleg«, klärte mich Michail auf. »Holt uns mit gräßte fahrende Schrott von Russland ab«, fügte er lachend hinzu.
Als wir näher kamen, klopfte der Mann seine Pfeife am Außenspiegel ab und kam uns einige Schritte entgegen. Dann öffnete er seine dünnen, langen Arme und rief uns etwas auf Russisch zu.
Die beiden Mädchen lösten sich von uns und flogen dem Alten lachend in die Arme.
»Ist für sie wie Großvater«, meinte Michail achselzuckend. »Habe keine Chance mehr bei Olga und Katinka, wenn Oleg da. Ist Zauberer von Bernsteinkiste.«
Der gut über 70-jährige Oleg hatte fast schulterlanges, weißes Haar und einen kurz ausgeschnittenen »Tschaikovsky-Bart«. Sein Gesicht war wettergegerbt und von einigen tief eingeschnittenen Seefahrerkerben durchzogen.
Als ich ihm die Hand reichen wollte, schob er diese einfach beiseite und umarmte mich freundschaftlich. »So begrüßt man sich in Russland, Ottmar, wenn man willkommen ist. Und du bist uns willkommen.«

Ich war verblüfft. Der Mann sprach ein vorzügliches, fast akzentfreies Deutsch.
Er sah mich grinsend an und meinte trocken: »Erstaunt über mein Deutsch?«
»Allerdings«, antwortete ich knapp.
»Ich war über vier Jahre in deutscher Kriegsgefangenschaft und schon vorher habe ich als Kind in eurem alten Ostpreußen oft als Erntehelfer in den großen Gutshöfen gearbeitet. Da lernt man die Sprache schnell. Deutsch ist ja auch viel einfacher als Russisch.«
Da konnte er wohl Recht haben.
Der Reihe nach umarmte und küsste er nun auch Dunja und Michail, dem er zusätzlich noch anerkennend auf die Schultern klopfte. »Das hast du gut gemacht, Michail, dass du uns diesen armen Deutschen hierher geschickt hast. Pjotr wird aus ihm schon bald wieder einen frohen Menschen machen, du wirst es sehen.« Dass diese Herzlichkeit keine formelle Routine war, konnte man mehr als deutlich erkennen, vor allem konnte ich sie spüren. Ich hatte das Gefühl, schon bei der Ankunft am Bahnsteig von Pionerskij in diese Welt integriert zu werden. Und wie sich schnell herausstellen sollte, täuschte mich dieses Gefühl nicht. Nach etwa zehn Minuten fuhren wir von der Anhöhe der Steilküste eine kleine, unbefestigte Straße zum Strand hinunter. Zwischen einigen windzerzausten Kiefern lag eine lang hingestreckte Blockhütte auf einem flachen Hügel. Sie machte zwar einen durchaus soliden Eindruck, wirkte von außen aber auch etwas vernachlässigt.
Oleg stellte seinen riesigen Moskwitch in einer offenen Garage hinter dem Haus ab. Als wir ausstiegen, standen bereits ein junger schlaksiger Mann und eine

hübsche, altersmäßig schwer einzuschätzende Frau vor der Hütte, um uns zu begrüßen.
Sie hieß Anjuschka und Pjotr stellte sie in ebenso perfektem Deutsch wie dem seines Vaters vor. Sie sei eine gute Bekannte, sagte er nicht ohne ironischen Unterton in der Stimme, die sich außer um ihn auch um das Haus kümmern würde.
Als wir die Hütte betraten, erlebte ich die zweite angenehme Überraschung an diesem Tag. Die von außen zwar geräumig, aber etwas ungepflegt wirkende Behausung erwies sich von innen als ein urgemütliches, sauberes und gut eingerichtetes Blockhaus.
Der riesige Wohnraum, den wir unmittelbar hinter der massiven Türe betraten, mochte um die 70 Quadratmeter messen. An der hinteren Längswand befand sich ein aus weißen Natursteinen gemauerter offener Kamin, in dem ein behagliches Feuer knisterte. Auf dem Steinboden lagen zwei in hellen Farben gehaltene kirgisische Teppiche, auf denen drei schwere, rustikale Sessel und ein bequem aussehendes Sofa standen. Dazwischen kauerte sich ein niedriges Holztischchen mit einer bestickten Tischdecke, auf der einige zerfledderte Bücher lagen. Eine hohe Kupferkanne mit Strohblumen stand neben dem Sofa und verströmte einen überraschenden Hauch von Sommer. Der Strom für das Haus wurde von einem Generator erzeugt, der hinter der Garage in einem separaten, schallisolierten Schuppen untergebracht war.
Anjuschka brachte uns schwarzen, süßen Tee und etwas Gebäck und wir begannen eine kurze Beratung darüber, wie es mit mir weitergehen sollte.
Pjotr zeigte mir auch die anderen drei Zimmer und eine geräumige Wohnküche, die mit einem Elektro-

herd aus Deutschland und einer selbstgezimmerten Einbauzeile mit dunkelbraun emaillierter Spüle ausgestattet war!
Die drei Zimmer waren jedes etwa 20 Quadratmeter groß und nur spärlich, aber zweckmäßig eingerichtet. In einem standen ein riesiges Doppelbett mit zwei dazugehörigen Nachtkästchen und ein heller Kiefernschrank. Es war Pjotrs und Anjuschkas Schlafzimmer. Die zwei anderen Räume hatten eine Verbindungstüre und wurden bisher kaum genützt, wie Anjuschka lebhaft erklärte.
Vor allem das nach dem Meer gelegene, hellere Zimmer hatte es mir angetan.
Nach einer knappen Stunde kamen wir überein, dass ich bei Pjotr und Anjuschka bleiben konnte und mir das »Meerzimmer« selbst einrichten durfte.
Selbstverständlich bot ich Michail und Dunja für ihre selbstlose Vermittlung Geld an. Aber sie lehnten entrüstet ab, so als hätte ich sie damit bestechen wollen.
Da ich wusste, in welch schwieriger finanzieller Situation sie lebten, steckte ich ihrer älteren Tochter Katharina einfach heimlich 1000 Mark zu. Ich war mir sicher, dass sie es gebrauchen konnten.
Die Familie Wolkow wurde schon am späten Nachmittag mit Olegs altersschwachem Moskwitch wieder zum Bahnhof von Pionerskij zurückgebracht, um von dort mit dem Zug weiter nach Kaliningrad zu fahren.
Es war ein herzlicher, nicht endgültiger Abschied, denn die Wolkows kamen uns fast alle 14 Tage besuchen.
Jetzt war ich also wieder zurückgekommen, hier an den Ort meiner Sehnsüchte und Erinnerungen. Die

ersten kleinen Ausflüge am Strand entlang, meistens natürlich in Richtung Rauschen oder in die Heide und die Wälder der Umgebung, zeigten, dass die Landschaft dem Neuen, den politischen Veränderungen, ganz gut standgehalten hatte.
Gut, es waren hier und da einige Wäldchen dezimiert, mussten Heide- oder Strandabschnitte irgendwelchen militärischen Anlagen weichen, waren früher einmal freie Flächen am Ortsrand von Pionerskij mit den üblichen Wohnschachteln »verziert« und einige ehemals mondäne Strandhotels nur noch Ruinen bzw. gar nicht mehr vorhanden. Aber insgesamt waren die Wunden der Veränderungen im Vergleich zu Königsberg verschwindend gering.
Als Oleg nach einer Woche mit einer uralten 125-er MZ ankam und mir damit nicht nur die größte Freude seit vielen Jahren bereitete, sondern sich dadurch auch mein fast täglicher Aktionsradius um ein Vielfaches vergrößerte, begann für mich eigentlich erst wirklich die Phase des Wiedersehens mit der Bernsteinküste.
Rauschen und die Kleine Teichstraße, die Bahnhofstraße, »ihre« Schröderstraße und all die alten Wege und verborgenen Winkel, die ich einmal mit Gesine aufgesucht hatte, wurden nun nach über 70 Jahren neu in Erinnerung gebracht.
Das alte Holzhaus der Komutats war inzwischen einem kleinen, nicht einmal unattraktiven Steinhaus gewichen. Nur der Gartenzaun mit seinem breiten, gemauerten Pfosten, auf dem das Namensschild angebracht und der Briefkasten eingelassen war, stand noch da, wo er so viele Jahrzehnte lang gestanden hatte. Der Name auf dem Blechschild lautete allerdings nicht mehr »Komutat«.

Wie eine Katze um den heißen Brei schlich ich um das Grundstück, immer in der Hoffnung, doch noch etwas so vorzufinden, wie es mir die Erinnerung vorgaukelte.
Die aufgewühlten Gefühle ließen mich taumeln, sodass ich mich halb bewusstlos am Gartenzaun fest halten musste. Gesine tauchte plötzlich aus dem Nichts kommend vor mir auf, dann wurde mir schwarz vor den Augen.
Als ich wieder zu mir kam, lag ich in einem weiß getünchten kleinen Zimmer. Das Erste, was ich wahrnahm, war eine kleine, schmutzige Deckenleuchte, die ihr hartes bläuliches Licht in den kärglichen Raum warf.
Erst danach wurde mir bewusst, dass außer mir noch drei weitere Männer unterschiedlichen Alters in ihren Betten lagen oder lesend saßen. Ich befand mich im Kreiskrankenhaus von Cranz, dem heutigen Zelenogradsk.
Meine Hoffnungen, nach ein paar Tagen wieder zurück in die Freiheit zu Pjotr und Anjuschka entlassen zu werden, erfüllten sich leider nicht.
Die beiden, der alte Oleg, meine »kleine« Laura und die Familie Wolkow besuchten mich oft, doch mein Körper wurde wohl ein Opfer der noch immer verwundeten Seele.
Ich wurde fast täglich schwächer und die herbeigesehnte Entlassung aus dem Krankenhaus verzögerte sich Woche um Woche.
Eigentlich dachte ich immer, ich sei wie die meisten Menschen dabei, am Leben zu sterben, aber jetzt war ich mir dessen nicht mehr so sicher. Vielleicht sterbe ich letztendlich an der Vergangenheit, noch bevor ich sie endgültig wieder gewonnen habe?

Ich muss doch noch so viel erkunden, wieder sehen und verarbeiten! Wenigstens ein Jahr, nur noch ein Jahr, dann will ich mich nicht beklagen.

Der Königsberger Ottmar Meinhardt starb Anfang 1999 im Kreiskrankenhaus von Zelenogradsk, das er nicht mehr verlassen hatte. Er wurde 94 Jahre alt. Seine Beerdigung fand wunschgemäß in einem alten, längst aufgegebenen Friedhof am Ortsrand von Rauschen statt.

Das geliehene Leben

Erinnerungen an die Kindheit und Jugend

Ich bin 70 Jahre alt, stamme aus Ostpreußen und lebe heute reichlich zurückgezogen und reichlich vergessen in einer so genannten »Senioren-Residenz« in der Nähe von Augsburg.
Erst vor einem Jahr wurde ich von meinen beiden Kindern Janusz und Krystina hier »geparkt«. Meine Füße machten mir Probleme, mit dem Sehen und Hören stand es auch nicht mehr zum Besten und das Gedächtnis wurde zugegebenermaßen löchrig wie ein Sieb. Aber nur das Kurzzeitgedächtnis, das Langzeitgedächtnis funktioniert bis heute eins a!
Krystina und Jan arbeiten den ganzen Tag in verantwortlichen, äußerst wichtigen Positionen und haben außerdem jeder eine Familie zu betreuen. Und so konnte ich sie schon verstehen, als sie vor gut zehn Monaten bei mir auf der Matte standen und mir umständlich und naiv beizubringen versuchten, dass es für mich (gemeint haben sie sich!) das Beste sei, in ein gutes Senioren-Wohn- und Pflegeheim zu gehen. Altenheim sagt heute merkwürdigerweise kaum noch jemand. Eigentlich rechnete ich mit dieser Entscheidung meiner beiden »Küken« schon lange, trotzdem traf es mich wie ein Keulenschlag. Ich

wollte es einfach nicht wahrhaben, meine Selbstständigkeit, mein Freiheitsdrang fühlten sich gedemütigt, mein Vertrauen und die innere Bindung zu meinen Kindern verraten. Aber was will man als ältere, gesundheitlich etwas angeschlagene Witwe groß dagegen tun? Wehren? Womit? Mit der Argumentation der Hilflosigkeit und Abhängigkeit, die viele Menschen im Alter in einer kompromisslosen, aber lebensnahen Direktheit kennen lernen müssen?
Seitdem ich dummerweise nach dem Tod meines geliebten Mannes Jerzy Kempinski 1991 in den Westen übersiedelte, begriff ich langsam, was es bedeutet hätte, in Polen, dem ehemaligen Ostpreußen, in Ehren alt zu werden und dort zu sterben. Mit wenig luxuriöser Fülle und kargem Wohlstand, aber mit Achtung und in der geliebten, jetzt für immer verlorenen Heimat.
Als ich vor zwei Tagen einen unerwarteten Brief meiner Tante aus Johannisburg, dem heutigen Pisz, erhielt, machte sich mein noch immer gut funktionierendes Langzeitgedächtnis unaufhaltsam wieder auf die Reise. Und diese Reise in die Vergangenheit ging weit, weit zurück in meine Kindheit und begann komischerweise mitten im Sommer in meiner »Senioren-Residenz« mit einer Schlittenfahrt Anfang Dezember 1939 auf dem »Feldberg«, 500 bis 600 Meter von unserem Hof in Hohenstein (Olsztynek) entfernt.

Der »Feldberg« war ein immerhin fast 80 Meter hoher Hügel, der seine erhabene Höhe unter anderem aus dem Erdaushub der in der Nähe gebauten Häuser und Höfe gewann und unter dem sich auch ein ansehnlicher Haufen Bauschutt verbarg.

Der Winter in Masuren begann tatsächlich immer dann, wann er laut unserem eigenen Kalender auch beginnen sollte. Diese Art der Zeiteinteilung war nicht ausgerichtet nach dem gregorianischen Kalender, nach dem sich die industrielle Gesellschaft hier im Westen richtet, nein, der masurische Kalender war ein Bauernkalender, der sich hauptsächlich an der Natur, den Saat- und Erntezeiten und den zahlreichen wichtigen Festen orientierte. Im Oktober, zu Beginn der Rübenernte, gab es für gewöhnlich die ersten Bodenfröste, Anfang November, wenn der Kohl geerntet wurde, fiel bereits meistens etwas Schnee, der aber nie lange liegen blieb und nur dazu diente – wie man uns Kindern weismachen wollte –, dem Kohl seine edle Schneesüße zu verleihen. Anfang Dezember, zur Schlacht- und Krautzeit, bedeckten die ersten durchgängigen zentimeterdicken Schneetücher die abgeernteten Felder und Wiesen.
Die Tage und Nächte wurden deutlich kälter, das Thermometer sank oft auf minus 20 bis 28 Grad Celsius! Ja, der Osten bescherte uns meist eiskalte und schneereiche Winter und heiße, trockene Sommer.
Weihnachten ohne Schnee gab es nie. Schneewehen von zwei Metern oder darüber immer. Fast täglich mussten mein Vater und mein größerer Bruder ab Mitte Dezember Schneeräumen, um überhaupt aus dem Haus zu gelangen, damit wir wiederum in die Schule gehen konnten.
Die Schulwege waren oft so tief verschneit, dass sie schon am frühen Morgen mühsam von »Pferde-Schneeräum-Gespannen« freigepflügt werden mussten.
Damals gab es noch keine moderne, Wasser abweisende und winddichte Winterkleidung wie heute.

Wir hatten nur selbst gestrickte Jacken, Pullover, Schals, Strümpfe und dicke lederne, mit Stoff gefütterte Schuhe an. Natürlich sog diese Kleidung das Schmelzwasser auf, aber da die Kälte meist relativ trocken war, spürte man sie beim Herumtollen kaum.

Hungrig und glücklich ging es dann bei Einruch der Dunkelheit nach Hause, wo uns neben einer angenehmen Kaminwärme ein heißer Tee mit Kandis und Mutters dicke, selbst gebackene Gänseschmalzstullen mit Salz, Pfeffer und glasierten, klein gehackten Zwiebeln und Äpfeln erwartete.

An einem frostig kalten, aber herrlich sonnenklaren Samstagnachmittag kamen wir auf eine »großartige« Idee. Es hatte an diesem Tag mindestens 25 Grad unter Null und dieser Umstand war damit vorzüglich für unseren grandiosen Einfall geeignet.

Eimerweise trugen wir das Wasser des unmittelbar unter unserem Schlittenberg vorbeifließenden Baches den Hügel hinauf und ließen es bodenflach den Hügel hinunterrinnen. Erwartungsgemäß erstarrte es fast augenblicklich zu herrlich festem Eis. Eine mittelgroße Zinkwanne, die wir mehrmals zu dritt den Berg hinunter trugen und mit Wasser auffüllten, erbrachte schließlich den erhofften Erfolg. Das Eis zog sich in leichten, sanften Wellen fast den gesamten Abhang hinunter.

Auch der schon vorher gebaute Schneemann mit seiner Karottennase und den schwarzen Kohleaugen am unteren Ende des »Feldbergs« wurde unter einigen gezielten Wasserladungen zum glitzernd erstarrten Eismann.

Und dann ging es los. Mit unseren an die Schuhsohlen geschraubten Schlittschuhen raste einer nach

dem anderen den Berg hinunter. Allen voran die Buben, dann die größeren Mädchen und schließlich vereinzelt, je nach Risikobereitschaft, auch die acht bis zwölfjährigen Gören. Natürlich wollte auch ich mich bei dieser »Mutprobe« nicht drücken.
Nachdem meine jüngere Freundin Monika Richthofen relativ unfallfrei den Abhang hinuntergeschossen war und bei ihrer rasanten Fahrt gejuchzt und vor Begeisterung geschrieen hatte, war es klar, dass ich die Nächste war!
Meine Fahrt war gerade im oberen Teil des Hanges, ohne Sprüche klopfen zu wollen, absolut einwandfrei. Ich erreichte eine Geschwindigkeit, die sich hinter der der älteren Jungs nicht zu verstecken brauchte.
Im mittleren Teil waren die Eiswellen dann aber besonders stark ausgeprägt und es war sehr schwierig, die Balance zu halten, um gezielt weiter zu rasen. Für mich wurde dieser Abschnitt zum Verhängnis.
Ich war froh, mich überhaupt noch einigermaßen auf den Beinen halten zu können und schoss völlig unkontrolliert auf den großen Eismann am Hangende zu. Wie magisch zogen mich seine verführerisch glitzernden Konturen an.
Meine markerschütternden Angstschreie änderten leider an der Fahrtrichtung nicht das Geringste und so kam es, wie es kommen musste: Ich fuhr den eineinhalb Meter großen Eismann einfach über den Haufen. Der Eismann war hin, aber mein Nasenbein auch. Mit gebrochener Nase und leise wimmernd ging es unter dem Begleitgelächter meiner »Kameraden« nach Hause.
Mein Vater machte nicht viel Federlesen und rückte mir die Nase mit einigen kräftigen Griffen wieder

»zurecht«. Sie sitzt seit dieser Aktion bis heute deutlich schief in meinem Gesicht.

Ein ähnlich einschneidendes Ereignis meiner Kindheit blieb mir von den beiden ersten Schuljahren in Erinnerung. Es soll ja tatsächlich Kinder geben, die sich auf ihr erstes Schuljahr richtig freuen. Bei mir war das von Anfang an ganz anders. Ich fühlte mich wie in ein Korsett vorhersehbarer Zeitabläufe gezwängt. Alles wurde einem vorgeschrieben und am Ende der täglich vier Stunden andauernden Leidenszeit in der Schule, musste man zur Krönung am Nachmittag auch noch irgendwelche sinnlose Hausaufgaben machen, die einen nur davon abhielten, draußen am See, im Garten, der Heide oder im Wald das Leben frei zu genießen.

Eine Zeit lang schloss ich mich den unterdrückten Kindern unserer Straße auf dem Weg zur Schule an, nahm, wenn auch unwillig, am Unterricht teil, bis mich wieder ein unbezähmbarer Freiheitsdrang dazu trieb, den Lockrufen der weiten, geheimnisvollen Natur um mich her einfach nachzugeben. Zumindest gab ich mir an solchen Tagen stets den Anschein, als ob alles seinen normalen, gewohnten Ablauf nehmen würde. Das musste auch sein, sonst war der kühne Plan, die Schule zu schwänzen ernsthaft in Gefahr. Ich packte meinen Schulranzen, legte wie immer die selbst zubereiteten Pausenbrote mit Johannesbeergelee und Tilsiter ganz nach oben und ging mit den bereits »resignierten, untergeordneten« Schulkindern ein Stück in Richtung Schule. Allerdings blieb ich berechnenderweise immer am Ende des trödelnden Pulks, bis ich eine besonders günstige, weil unbeobachtete Gelegenheit ausnutzte, um mich ungesehen abzusetzen.

Obwohl diese Taktik bei meinen Freundinnen und Freunden längst bekannt war, gelang mir dieses »Kunststück« zum Leidwesen meiner Eltern immer wieder.
Eine Toreinfahrt, ein am Straßenrand abgestellter Heuwagen, eine dichtbewachsene Wegböschung, einige nah an der Straße stehende dicke Bäume; unser Schulweg bot einfach zahlreiche Möglichkeiten, um »spurlos« verschwinden zu können. Und der »Ehrgeiz« meiner Schulkameraden, mich täglich bis in die Schule aufmerksam zu überwachen, hielt sich glücklicherweise sehr in Grenzen. Außerdem hätten ja sonst einige von ihnen in der Schule nichts mehr zum Petzen gehabt. Undenkbar!
Oft saß ich nach meiner erfolgreich durchgeführten »Flucht« vor Zwang und Pflicht in einer tiefen Kaule, etwa 300 Meter vom Schulweg entfernt, die ein Granateinschlag des Ersten Weltkriegs für mich schon vor vielen Jahren dort gegraben hatte.
Ich träumte im lichten Schatten einiger Weiden und Eschen vor mich hin, verzehrte zwischen manchen bedeutungsvollen Stoßseufzern meines »schweren, geheimen Lebens« die Pausenbrote und vertiefte mich in die bizarre Märchenwelt meiner preußischen Kinderbilderbücher über Hexen, Wald- und Wassergeister und verzauberte Rittergüter.
Wenn die anderen Schulkinder mittags mit neuem Wissen schwer beladen nach Hause gingen, nahm auch ich meinen Heimweg auf, als wäre alles in bester Ordnung. Was ich nicht ahnte: mein Klassenlehrer pflegte längst äußerst gefährlichen Kontakt zu meinen Eltern, seit sich diese Vorfälle häuften, die ehrlich gesagt auch sehr stark wetterabhängig waren.

Bei Regen, Kälte oder gar Schnee war ich meistens relativ »wissensdurstig«.
Als ich an einem warmen, sonnigen Sommertag wieder keine Lust auf die Schule hatte und in den ehrwürdigen Räumen der masurischen Kulturstätte trotz eingepackter Pausenbrote nicht erschien, wurde ich von meiner Mutter heimlich beobachtet. Sie ging nach der Schule weit hinter den fröhlich und hungrig nach Hause eilenden Kindern und spähte mit Hilfe eines Feldstechers wie ein Luchs auf den Weg.
Und siehe da, irgendwie und irgendwann wurde die Kinderschar plötzlich durch meine Anwesenheit »bereichert«. Meine Mutter verschwieg heimtückisch ihr Wissen und folgte mir mit Abstand an den nächsten Tagen auf dem Weg zur Schule.
Natürlich entging einem wirklich aufmerksamen Beobachter mein geschicktes Absetzmanöver nicht. Und so stand eines Tages meine Mutter wie aus dem Nichts gekommen vor meinem grünen Versteck und grinste überlegen auf mich herab. Mir blieb vor Schreck fast mein soeben angeknabbertes Marmeladenbrot im Hals stecken.
Von diesem Schock erholte ich mich in meinem zarten Alter nie wieder. Ich ging fortan regelmäßig, und ich muss es ungläubig gestehen, meistens sogar gerne zur Schule.
Inzwischen hatte sich 1939 mit dem Beginn des Zweiten Weltkriegs (ich war gerade neun Jahre alt geworden) in weiten Teilen Europas das Leben dramatisch verändert. Nur hier in der versteckten, von der Welt scheinbar vergessenen Ecke Masurens war von diesem geschichtlichen Großereignis so gut wie nichts zu spüren.

Das Kleinstadtleben ging seinen gewohnten Gang, ganz so, als wäre nichts geschehen.
Sicher gab es manchmal einige zackig und wichtigtuerisch herumstelzende Uniformierte, die aufgeregt in unserer Straße herumflitzten, und so mancher vorher mehr als gemütliche Biedermann, der zu Hause vor seiner Frau kuschte, bekam plötzlich gerade dann »Rückgrat«, wenn ein großer, schwarzer Mercedes vor dem Rathaus stand. Aber ansonsten blieb das träge, dörfliche Idyll Hohensteins weitgehend ungestört.
Erst gegen Ende des Krieges, vor allem auf der Flucht, lernte auch ich die hässliche Fratze dieses weltweiten Wahnsinns kennen. Aber davon später mehr.
Im Moment interessierte mich nur meine kleine, verborgene Kinderwelt, die bis dahin gut behütet, relativ unproblematisch, aber mit vielen rätselhaften Geheimnissen vor mir stand. Ein unglaubliches und bis heute mysteriöses Ereignis blieb mir dabei bis in die gegenwärtige Zeit noch in lebhafter Erinnerung.
Irgendwann im Juni 1940 herrschte große Aufregung in unserer Straße. Bei August Smolnik, dem Schneider, war in der Nacht eingebrochen worden. So etwas war in unserer damaligen engen Lebensgemeinschaft nahezu unvorstellbar!
Fast jeder ließ in Ostpreußen auch nachts die Türen unverschlossen, manche fuhren sogar tagelang zu irgendwelchen Verwandten und das Haus stand offen und unbewacht. Nur ein Nachbar kümmerte sich ab und zu um die Tiere und die Bewässerung der Pflanzen.
Gottseidank stand aber relativ schnell fest, wer der gewissenlose Einbrecher war. Zumindest war es für

die Mehrheit der Bewohner unseres Viertels sonnenklar, dass es nur Smolniks cholerischer Nachbar Kurt Hagen gewesen sein konnte.
Die beiden hatten seit Jahren laufend Krach miteinander. Warum und wie alles angefangen hatte mit der Feindschaft zwischen den Streithähnen, wusste im Viertel keiner mehr genau zu sagen. Aber dass der Schneider und der sturschädelige Bauer neben ihm ihre Antipathie seit vielen Jahren »pflegten«, wusste jedes Kind weit und breit. Es verging kaum eine Woche, in der es nicht zu wüsten und teilweise lautstarken Beschimpfungen, manchmal sogar zu Handgreiflichkeiten zwischen den beiden kam.
Dabei befanden sie sich längst im so genannten gesetzten Alter von 60 und 62 Jahren!
Gestohlen wurden an die zehn Ballen hochwertigster Stoffe und über 20 kostbare Felle von Polarfuchs, Nerz und Biber. Umgerechnet betrug der Schaden ein Vermögen von etwa 4800 Reichsmark! Für die meisten Bewohner hier in unserem Städtchen eine unvorstellbare Summe.
Kurt Hagen bestritt den gemeinen Racheakt natürlich vehement und aggressiv, was sonst. Aber geglaubt hatte ihm anfangs, bis auf seine resolute Frau Clementine und dem »bestechlichen« Postboten Pankraz, der bei Hagen auf seiner Zustell-Tour regelmäßig einen Klaren kippte, niemand. Clementine ging schließlich sogar so weit, den armen Schneider öffentlich zu verdächtigen, seine »minderwertige Ware« selber beiseite geschafft zu haben, um die hohe Versicherungssumme abkassieren zu können. Und siehe da, nachdem auf diese unseriöse Weise bekannt wurde, dass Smolnik »verdächtig« hoch versichert war, schlugen sich fast täglich immer mehr Be-

wohner aus der Allensteiner Straße auf die Seite von Kurt Hagen.
Plötzlich erinnerten sich viele hier am Stadtrand, wie beispielsweise manch alte, gammelige Scheune in Brand geriet und gegenüber der Brandversicherung zum »Märchenpalast« wurde! Versicherungsbetrug (ostpreußisch: Raffinesse) war damals ein in fast ganz Ostpreußen akzeptiertes und oft angewandtes »Kavaliersdelikt«!
Die Angelegenheit wurde damit zur »Ehrensache« für August Smolnik. Der Schneider musste dem verhassten Nachbarn den Diebstahl beweisen. Und wer anders als ein Hellseher konnte dies tun? Auf die trottelige Polizei vertraute hier ohnehin niemand. Nun gut, fast niemand. Aber ein renommierter Hellseher!? Da lag der Fall anders, ganz anders.
Es war beileibe nicht billig, den damals weithin bekannten Hellseher und Zukunftsdeuter »Paul« aus Ostpreußens prächtiger Hauptstadt Königsberg in unsere unbedeutende Provinz zu locken. Immerhin, dessen fast 100-prozentige Aufklärungsquote imponierte nicht nur der Polizei und den Auftraggebern, sondern dem gesamten Städtchen und nicht zuletzt August Smolnik, der seinen Erzfeind unbedingt vernichtet sehen wollte.
160 Reichsmark plus Reisespesen ließ sich das Schneiderlein die dringend erforderliche »Reinwaschung« von den bösartigen Verdächtigungen und die Diebstahlsaufklärung kosten! Verbrecher der durchtriebensten, gemeinsten und hart gesottensten Art fürchteten »Paul« zu dieser Zeit wie der Teufel das Weihwasser.
Merkwürdigerweise wurde auch so mancher Hohensteiner nervös, als »Paul« an einem klaren, warmen

Sonntagvormittag, einige Tage nach dem Einbruch, mit dem prachtvollen Apfelschimmelgespann des Großbauern Grigorenz, der ihn vom Bahnhof abholte, in unserer Straße Einzug hielt.
Die Nachricht vom Eintreffen des berühmten Hellsehers »Paul« aus Königsberg sprach sich minutenschnell in halb Hohenstein herum. Viele Kinder schwänzten die Schule und etlichen Lehrern war das gerade recht. Das ganze Viertel war auf den Beinen und stand voller Neugier und Erwartung vor der Schneiderei. Hier musste der große, berühmte Mann irgendwann am Vormittag eintreffen. Ab halb neun Uhr waren die Straße und der kleine Parkplatz vor der Schneiderei nahezu vollkommen besetzt. Um Viertel nach zehn kam »er« endlich an.
Dem dunkelroten Festwagen von Grigorenz entstieg zuerst eine kleine, schmächtige Frau von ungefähr 50 Jahren mit einem schwarzbraunen Pagenkopf. Sicherlich seine Sekretärin, dachten wir. Hinter ihr stieg ein jüngerer großer, blonder Mann aus, der verschlossen und finster wirkte. Das musste der heiß ersehnte »Paul« aus Königsberg sein, der Schrecken der damaligen Unterwelt.
«Ich bin ›Paul‹, der Hellseher, meine verehrten Damen und Herren«, wisperte plötzlich die dünne Stimme einer Person, die alle bereits aus den Augen verloren hatten. Es war die zierliche, kleine Frau mit dem Pagenkopf.
Manche der Umherstehenden, vor allem die Männer, bekamen den Mund vor Erstaunen nicht mehr zu. Der Männername »Paul«, war nur eine Art Pseudonym, ein Selbstschutz gegen Racheakte, ein nützlicher »Künstlername«, weiter nichts. Der junge blonde Mann neben ihr war ihr Hypnotiseur.

Die beiden gingen, ohne sich weiter um die gaffenden Menschenmassen zu kümmern, ins Haus und waren damit eine Weile vor unserer brennenden Neugier sicher. Die Vorhänge der Fenster zur Straßenseite hin wurden gemeinerweise zugezogen. Man bekam trotz aller Anstrengungen nicht mit, was drinnen in der Guten Stube vor sich ging oder geredet wurde.
Wie wir später erfuhren, brachte der Hypnotiseur »Paul« nach einem kurzen aufklärenden Gespräch in Trance. Nach etwa einer halben Stunde stiegen alle aus einem der tief liegenden Fenster der Schneiderwerkstatt.
»Pauls« Augen waren geschlossen, sie hielt ihre Hände tastend nach vorne und murmelte etwas Unverständliches vor sich hin. Sie bewegten sich langsam in Richtung Schloss aus der Stadt hinaus, die Hellseherin immer voran.
Dann ging es vorbei an der Gärtnerei Warm und dem alten Friedhof, das Gasthaus «Zum kühlen Krug« und der Wasserturm schräg gegenüber wurden passiert, von dort ging es weiter zur Schule und über die Leipziger- und Amlingstraße hinaus zum katholischen Friedhof an den Westrand der Stadt. Eine lange Schlange von Neugierigen schlich zu Fuß, mit dem Fahrrad oder auf Pferdefuhrwerken in respektablem Abstand hinter der Hellseherin, dem Hypnotiseur, dem Schneidermeister und einem kleinen, rotbackigen Kriminalinspektor aus dem fernen Johannisburg her. Kein Wort wurde gesprochen, lautlos und zum Platzen gespannt wand sich der »Wurm der Erleuchtung« Königsgut zu.
Unterwegs blieb »Paul« einmal zögernd stehen und deutete mit der rechten Hand, noch immer mit ge-

schlossenen Augen, auf eine vor ihr liegende Blumenwiese, die sich sanft in einer flachen Senke bis zur Kahnstraße verlor.
Sie ging vorsichtig mitten hindurch, der gesamte Zug mit etwas Abstand hinterher. Vor einem kleinen Bach blieb sie abrupt stehen und begann plötzlich polnisch zu sprechen, obwohl sie diese Sprache nach eigener Aussage gar nicht beherrschte. Der hinter ihr stehende Hypnotiseur übersetzte für uns die nächtliche Unterhaltung der Diebe!
Das Diebesgut wurde zum Teil mit zwei kleinen Leiterwägen und einem Fahrrad transportiert, hier an dieser Stelle über den Bach gezogen und zur Straße nach Ganshorn gebracht. Dort wurde es von einem bereits wartenden Auto weiter befördert. Die beiden Diebe sollten ein Pole und ein Ostpreuße aus Gumbinnen sein. Das wartende Auto wurde von einer dem Schneider sehr nahe stehenden Person aus Ganshorn gesteuert, behauptete »Paul« in Trance und auf Polnisch.
Nach dieser sensationellen Mitteilung, die von uns wie eine heilige Vorhersagung aufgenommen wurde, ging es zügig weiter bis nach Ganshorn. Das war eine ganz respektable Entfernung. Aber alles, was einigermaßen mobil war, zog mit!
»Paul« steuerte in dem kleinen Ort unbeirrt auf ein winziges, frisch verputztes Haus am Ortsrand zu. Das Erstaunen des Schneiders war nicht mehr zu überbieten, als die Hellseherin schließlich vor dem Haus des schamlosen Verbrechers stehen blieb. Es war das Haus seines Schwagers!
Zielstrebig ging »Paul« mit noch immer geschlossenen Augen ins Haus hinein und stieg eine steile, neu verlegte Steintreppe nach oben. Ihre Nervosität und

Angespanntheit stiegen merklich an und übertrugen sich auch auf ihre nähere Begleitung.
»Das Diebesgut liegt gut versteckt unter den Dachpfannen in einige Decken eingehüllt auf dem Dachboden«, stieß sie aufgeregt und laut hervor. Und: »Er weiß, dass wir hier sind, er weiß es genau!!!«
Kaum hatte sie diese Worte ausgerufen, als im Erdgeschoss eine Türe aufflog und der Hausherr herausstürmte und mit wenigen großen Sätzen das Feld hinter dem Haus gewann.
Der kleine Kriminaler und einige jüngere Männer machten sich sofort an die Verfolgung. Aber schon nach ein paar hundert Metern blieb der gehetzte Mann stehen und ließ sich widerstandslos festnehmen. Er sah wohl ein, dass es völlig sinnlos war zu fliehen, nachdem er als einer von drei Dieben einwandfrei entlarvt wurde. Denn als die Männer mit dem gefangenen Schwager des Schneiders zurück kamen, traten »Paul«, der Hypnotiseur, August Smolnik und der rotbackige, kleine Kriminalinspektor aus Johannisburg mit der gestohlenen Beute gerade aus dem Haus.
Ein unbeschreiblicher Jubelsturm brach unter den vor dem Haus wartenden Leuten aus. »Unser Paul« hatte es wieder einmal geschafft! Der beschuldigte Nachbar war von jedem Verdacht befreit und die Verehrung und Berühmtheit der Wahrsagerin »Paul« stieg zu recht beträchtlich an.
Auch die Namen der beiden anderen Komplizen wurden schließlich von Gottlieb Varell, dem Schwager des Schneiders, nach einem kurzen, aber eindringlichen Verhör preisgegeben. Es waren ein Pole aus dem grenznahen Kolno und ein versoffener und halb ruinierter Pferdehändler aus Gumbinnen!

Natürlich gab es in den folgenden Tagen kaum eine Zeitung in Ostpreußen, in der die Auflösung dieses sensationellen Kriminalfalles nicht wiedergegeben wurde.

Manchmal allerdings sehr stark von der Phantasie des jeweiligen Journalisten verfälscht oder aufgebauscht. Diese Art der »freien Berichterstattung« gab es leider bereits auch zu unserer Zeit.

Dieses ungewöhnliche Erlebnis hat mich als Kind und, wie ich zugeben muss, auch noch als erwachsene Frau, sehr lange beschäftigt. Und wenn ich heute an meine Kindheit in Ostpreußen zurückdenke, dann kann dieses Ereignis natürlich nie und nimmer fehlen!

Aber es gab da noch eine Sache, die mich bis heute gedanklich sehr stark beschäftigt: Oft war ich bei meiner Großmutter in Mühlen, Kreis Osterode, zu Besuch und musste zur Kenntnis nehmen, dass die Mühlener ausgesprochen sauer waren auf die Geschichtsschreiber des eigenen Landes.

Der Grund dafür war die offensichtlich propagandistische Verlegung der »zweiten Tannenberger« Schlacht, die ja tatsächlich in der Nähe von Hohenstein stattfand. Warum wurde sie überhaupt nach »Tannenberg« verlegt? Und noch mehr ärgerte die Mühlener natürlich die erste, noch bedeutendere Schlacht bei Mühlen im Jahre 1410, die, wie sie meinen, ebenfalls unverständlicherweise einfach bis nach Tannenberg verschoben wurde.

Welche Gründe gab es, dass die Schlacht aus dem Jahre 1914, unter der Führung von Generalfeldmarschall Paul von Hindenburg und Stabschef Ludendorff, als die »Schlacht bei Tannenberg« in die Geschichte einging? Der Ort Tannenberg (Stebark) liegt

vom tatsächlichen Kriegsgeschehen etliche Kilometer entfernt. Mühlen und noch mehr Hohenstein, bei dem sich das Ehrenmal befand, waren dagegen weit näher am Geschehen!
Liegt es wirklich nur daran, dass man die vernichtende Niederlage, die der »Deutsche Orden« um 1410 gegen das vereinte polnisch-litauisch-russische Heer erlitten hatte, mit der siegreichen Schlacht unter Hindenburg erträglicher gestalten wollte?
Die Front der vorwärtsrückenden 8. Armee bewegte sich jedenfalls aus dem Raum des Mühlener Höllentals nach Südosten, gleichzeitig rückten von Bischofsburg her weitere deutsche Einheiten vor und drängten die »Narew-Armee« an der Alle zusammen, wo die Russen in einer der größten Kesselschlachten der Geschichte fast vollständig vernichtet wurden und Ostpreußen damit befreit war. Auch 1410 spielten sich die bedeutendsten Entscheidungen der Völkerschlacht bei Mühlen und nicht bei Tannenberg ab.
Für uns Kinder war das legendäre Schlachtgebiet im Höllental daher ein ganz besonderer Ort. Nirgendwo sonst wurde so viel verrostetes Kriegsmaterial wie Lanzenspitzen, Dolche, Schwerter, alte Gewehre, Orden, Uniformreste oder sogar Knochen gefunden wie dort. Und an so manchem Sommernachmittag wurde vor allem von den zehn- bis 14-jährigen Buben die siegreiche Schlacht von 1914 noch einmal geschlagen.
Nie ohne dass es zu lautstarken Streitereien gekommen wäre, weil jeder, der etwas auf sich hielt, Hindenburg sein wollte. Und in Masuren hielten fast alle Kinder etwas auf sich. Als regelmäßige Besucherin in Mühlen wurde mir jedoch manchmal in Form des Gastrechts diese Ehre zuteil und ich trug stolz und

gebieterisch als einzige Göre weit und breit »Hindenburgs« Pickelhaube durch die »blutige Schlacht«. Ich werde es nie vergessen.

Für das ganze Dorf war allerdings vor allem die Gedenkfeier an die Schlacht von 1914 von besonderer Bedeutung. Das war in Hohenstein und in ganz Ostpreußen nicht anders. Erwachsene und Kinder warfen sich dafür besonders in »Schale«.

Ich hatte meistens ein schönes weißes Sommerkleid an, eine weiße Schleife im Haar und meine Füße steckten in schwarzglänzenden Lackschuhen. Die Sommer waren für solche Feste zuverlässig warm und trocken, nur selten unterbrochen von kurzen, heftigen Regengüssen.

Pfarrer Ernst Lukas hielt für gewöhnlich nach dem Gottesdienst eine patriotisch angehauchte Gedenkrede, Lehrer Gunia gab einige selbstverfasste, heroisch anmutende und nach »Vaterland duftende« Verse zum Besten.

Nach einigen Böllerschüssen ging es anschließend meistens zu einer großen Waldwiese in Dorfnähe, wo einige Frauen ein »Bauern-Picknick« gewaltigen Ausmaßes vorbereitet hatten.

Aber viele Familien im Dorf, besonders die etwas betuchteren, drängte es an diesem besonderen Tag auch zum Mühlener Land- und Gastwirt Herbert Garbrecht.

Dort wurde zu besonderen Anlässen gerne deftig und herzhaft gekocht, dass sich die Balken bogen. Eben echt ostpreußisch.

Knusprige Enten, gefüllte Gänse und Puten, saftige gekochte Schinken, grüne oder eingelegte Aale, gebratene Plötze und Rotaugen, Krebse und eine Armada von dampfenden Schüsseln mit Kartoffeln in

jeder Fasson, Salaten, Sommergemüse, Kraut und helle und dunkle Soßen.
Der krönende Abschluss dieser Festessen waren oft die mit Sahne und Honig verquirlten Bisquit-Törtchen, ein paar Tropfen Rum gaben das besondere Aroma.
Dazu gab es die herzerfrischenden Weisen der Blaskapelle der Freiwilligen Feuerwehr oder des Heimatbundes und die »einstudierten« Lieder von Lehrer Gunia, die die Schulkinder melodiefeindlich, aber immerhin lautstark vortrugen.
Natürlich wurde vor dem Essen, währenddessen und noch mehr danach den zahlreichen heimatlichen Spezial- und Verdauungsgetränken zugesprochen. Mit dem üblichen Ergebnis. Aber bis es so weit war, entsprach dieser Tag eigentlich immer dem besonderen Fest, auf das wir Kinder Wochen oder sogar Monate vorher freudig erregt gewartet hatten. Am nächsten Tag war mit den meisten Männern allerdings kein Staat mehr zu machen. Die schnarchten in allen möglichen und unmöglichen Ecken und schliefen ihre Räusche aus.
Für uns Kinder war der nahe und herrlich gelegene See der Hauptanziehungspunkt im Sommer. Neben dem sauberen warmen Wasser, in dem wir Baden und Angeln oder mit dem Boot herumpaddeln konnten, bot auch der ihn teilweise dicht umsäumende Mischwald die idealsten Verstecke. Er war außerdem immer ein ergiebiger Fundort für Heidelbeeren, Himbeeren, Brombeeren, Preiselbeeren, die herrlich aromatischen Walderdbeeren, die Haselnussgröße erreichten, und makellose, festfleischige Pilze. Vor allem Stein- und Birkenpilze fanden wir in jedem Sommer reichlich rund um den See.

Die ganze Familie wurde mit diesen nach Hause gebrachten Köstlichkeiten verwöhnt. Fledermäuse hausten in alten, großen Baumhöhlen und begannen bei Anbruch der Dunkelheit ihre bizarre, lautlose Jagd nach Insekten, die über dem See oder den dampfenden Waldwiesen schwirrten.

Im Komposthaufen des Gartens meiner Großmutter hatte jahrelang eine Igelfamilie ihr Zuhause. Die Oma stellte jeden Tag um 19 Uhr eine Schale frisch gemolkener Milch und Brotreste auf die Terrasse. Und die Igelmutter kam mit ihren meist vier bis fünf Jungen im Gänsemarsch pünktlich zum »Essenfassen«. Man konnte die Uhr danach stellen.

Der gutmütige große Mischlingsrüde »Emil« durfte die Igelfamilie immer bis zur Terrasse begleiten. Sein neugieriges Beschnüffeln wurde unerschrocken geduldet. Aber die Milchschüssel, über die sich die Igelfamilie schmatzend und schlürfend hermachte, war von Anfang an für ihn tabu.

Im Winter wurde der zugefrorene See natürlich auch zum Schlittschuhlaufen und »Eiskegeln« genutzt, aber er diente dann auch als lohnende Abkürzungsstrecke für die Pferdeschlittengespanne. Hauptsächlich die Leute aus Neudorf benutzten diese wesentlich kürzere Route, um nach Mühlen in die Kirche zu fahren. Der See wurde im Winter aber auch regelmäßig befischt. Die Fischer markierten die ausgebrochenen Löcher in der dicken Eisdecke mit kleinen Strohballen. Trotzdem schafften es fast jedes Jahr einige Dorfkinder beim Herumtollen mühelos, in eines der markierten Eislöcher zu fallen. Auch ich hatte einmal das »Vergnügen«, bei meinen intensiven künstlerischen Eislaufübungen am Seerand bis zur Brust in einem solchen Loch zu »baden«.

Das Ergebnis war eine ausgewachsene fiebrige Erkältung. Die von meiner Mutter verordnete tagelange Bettruhe mit der zwangsweisen Verabreichung eines gallebitteren Kräutertees aus der »Geheimapotheke« meines Großvaters, der sich angeblich schon seit Generationen bewährt hatte, war dabei noch wesentlich schlimmer als das bisschen Fieber.

In lebhafter Erinnerung ist mir auch der Tag geblieben, als mein Großvater im Spätsommer 1939 am frühen Nachmittag mit zwei winzigen Rehkitzchen vom Feld heimkam. Neben der Mühle meiner Großmutter und der Sattlerei von Großvater betrieben wir auch eine kleine Landwirtschaft von etwa 26 Morgen landwirtschaftlich genutzter Fläche. Ein Teil davon befand sich etwa 100 Meter hinter dem Haus, aber der andere, größere Teil lag an die drei Kilometer entfernt neben den Feldern und Wiesen des Rittergutes Seewalde. Und genau dort fand mein Großvater die beiden »Waisenkinder«.

Ein drittes weibliches Kitz nahm ein polnischer Erntehelfer mit zum Gut nach Seewalde und eines der beiden von Großvater gefundenen Rehkinder kam zu einem Hohensteiner Förster. Das zweite jedoch, ein hellbraunes verschmustes Böckchen, wurde von unserer Familie liebevoll umsorgt und aufgepäppelt. Das Böckchen tauften wir nach gemeinsamen Beratungen »Hansi«.

Der rasch heranwachsende Waldbewohner fasste schon nach wenigen Tagen Vertrauen zu allen Hofbewohnern, egal ob Mensch oder Tier. Enten, Hühner, Kühe, Schafe, Kaninchen, unsere zwei Katzen Moritz und Bienchen und natürlich der Chef aller Hoftiere, der Mischlingsrüde Emil, freundeten sich regelrecht herzlich mit Hansi an.

Es war ein herrlich komisches Bild, wenn die Kaninchen zwischen den langen, staksigen Beinen des Rehkitzes hindurch hoppelten oder wenn sich Moritz und Bienchen eng und gemütlich schnurrend an Hansi kuschelten, wenn der im weichen Gras des Gartens zufrieden sein Mittagsschläfchen hielt. Und Emil passte stets aufmerksam auf, dass unserem neuen Familienmitglied ja kein fremdes Wesen zu nahe kam.
Der entzückte Großbauer Abraham Rosenthal wurde sogar warnend angeknurrt, als er Hansi bei einem Kurzbesuch einmal ohne mein vorheriges Einverständnis streicheln wollte. Ja, auf Emil war Verlass. Der gab schon genau Acht auf seinen gesamten »Hofstaat«. Es war sehr empfehlenswert, seine Warnungen ernst zu nehmen.
Hansi wuchs schnell zu einem stattlichen Rehbock heran, er hielt sich im Hof, der Sattlerei, im Garten oder im Stall auf, ganz wie er wollte.
Mein Bruder Roland missbrauchte Hansi jedoch zunehmend, um seine albernen Raufhändel mit anderen Schülern zu »regeln«. Er lockte so manchen seiner ahnungslosen Streitkumpane bis auf unseren Hof und rief dann hinterhältig nach Hansi. Dieser kam in der Regel auch gleich angetrabt, um die Lage zu orten. Roland ging ein paar Schritte von seinem Opfer weg und munterte Hansi feinfühlend auf: »Ramm' ihn über den Haufen, Hansi!«
Der Rehbock kam dann meist wie ein Torpedo mit gesenktem Kopf auf die vermeintlichen Gegner der Familie zugerannt und die ergriffen, wenn sie schlau waren, in Panik und laut schreiend die Flucht.
Meinem feigen Bruder verschaffte Hansi auf diese Weise eine dermaßen unverdiente und respektable

Position in der Schule, die mich noch heute grinsen lässt, wenn ich daran denke.
Hansi begleitete meinen Großvater oft sogar in die Kneipe, wenn er sich dort mit einigen Freunden zum Skat traf und ging dann nach einigen Stunden des geduldigen Wartens wieder mit ihm nach Hause. Der ungewöhnliche Rehbock wurde bald in der ganzen Gegend und darüber hinaus bekannter als ein bunter Hund.
Später, als er erwachsener wurde, unternahm er immer wieder längere Ausflüge in den nahen Wald. Er kam aber immer wieder zurück. Die Zeitspannen seiner Ausflüge wurden jedoch von Monat zu Monat immer länger.
Schließlich blieb er auch tagelang fort, bevor er wieder zurückkam und irgendwann stand der befürchtete Tag vor uns, an dem Hansi für immer im Wald blieb. Wir haben ihn nie wieder gesehen.
Meine Jugendzeit verlief ähnlich interessant und aufregend, war aber bei weitem weniger frei als die glückliche, unbeschwerte Kindheit.
Ab 1940/41 wurden die nationalsozialistischen Strömungen im Lande auch in der Abgeschiedenheit unseres Idylls in Masuren immer deutlicher spürbar. Die Menschen in Hohenstein und der Umgebung gingen jedoch auch damit größtenteils typisch ostpreußisch um.
Was so viel bedeutete wie: Wenn einer ein anständiger Mensch ist, kann er denken, sagen und tun was er will, egal wo seine Wiege stand.
Wir lebten in Ostpreußen seit Jahrhunderten friedlich und harmonisch mit Litauern, Polen, Russen, Juden, Esten, Tataren, Holländern und Masuren zusammen!

Und jeder hatte seine eigene Sprache, seine eigene Religion und Kultur. Na und, wen hatte das bis auf die Anfänge zur Zeit der Ordensritter jemals gestört? Natürlich gab es aber auch bei uns in Hohenstein irgendwann ein paar »Tausendprozentige«, die sich wichtigtuerisch in den Vordergrund drängen wollten. Selbstverständlich nur für »Volk und Vaterland«.

Aber diese »arisch gesäuberten Deutschen aus Überzeugung« hatten es nicht leicht, egal wo sie in ihrer penetranten Art auftraten. Die Reaktionen innerhalb der Bevölkerung reichten von beißend spöttischer Verarschung bis zur totalen Ausgrenzung. Irgendwann ließ es sich aber auch bei uns nicht mehr vermeiden, dass wir ein Gauleiter-Büro und ähnlich »nützliche« Einrichtungen aufs Auge gedrückt bekamen.

Und so mancher meist jugendliche, aber dafür hirnlose Heißsporn pochte karrieregeil und führertrunken mit blankgewichsten schwarzen Reiterstiefeln über das Kopfsteinpflaster des Rathausplatzes.

Ich kam mit 14 Jahren zu den Jungmädchen, meinem älteren Bruder Roland wurde mit 18 der deutschnationale Militärdrill eingebläut.

Auch von meiner liebgehassten Volksschule und vielen Freundinnen hieß es in diesen Zeiten Abschied nehmen. Ich musste, ob ich wollte oder nicht, in die blöde Mittelschule gehen, was auch einen längeren Fußmarsch für mich bedeutete.

Mein geistiger Horizont wurde somit zwangsläufig erweitert. Glücklicher gemacht hat mich das aber bestimmt nicht. So sehe ich das zumindest heute, aus der Distanz von fast 60 Jahren. Aber es sollte ja alles noch wesentlich schlimmer kommen!

Zurückgeblieben

Die Räder des vorwiegend mit Kindern und Alten vollgepferchten Heuwagens versanken fast bis zur Radachse in dem zähen, weißmarmorierten Schlamm des stellenweise tief aufgeweichten Waldweges zwischen Hohenstein und Thymau.
Einem Weg zwischen Hoffen und Bangen, zwischen Leben und Tod für 22 Ostpreußenflüchtlinge aus Masuren.
Die Menschen hockten dicht gedrängt auf den nackten Holzbohlen des schlingernden, schweren Gefährts, das von zwei ausgehungerten, klapperdürren Braunen gezogen wurde, die immer wieder vor Entkräftung stehen blieben.
Der Wagen bildete die weit zurückgebliebene Nachhut eines Flüchtlingstrecks, der sich im März 1945 langsam und immer wieder stockend vor der nahenden Front nach Nordwesten in »Sicherheit« bringen wollte. Doch der Abstand zu den anderen Wagen, die inzwischen alle an uns vorbeigezogen waren, wurde von Kilometer zu Kilometer immer größer. Der Überlebenswille aller Flüchtlinge ließ eine vorher ausgemachte Reihenfolge schon bald zu einem ungeordneten Wettlauf mit der Angst werden. Und da konnte unser schwer beladenes, ausgemergeltes Gespann nie und nimmer mithalten.
Die beiden treuen und willigen Pferde, die sich durch die grundlosen, teilweise noch verschneiten Böden der aufgewühlten Fluchtpfade zwischen den Wäldern und Feldern quälen mussten, waren längst an ihren physischen Grenzen angelangt.
Bewusst schlich unser Wagen weitab von den Hauptverkehrswegen durch die aufkeimende Natur unse-

rer hügeligen Heimat. Die Flüchtlinge auf den großen Straßen wurden fast alle ständig von den Tieffliegern der Engländer angegriffen.
Ängstlich in den Armen vergrabene Köpfe und zitternde Kinder unter einem Heuwagen waren eine ausgesprochen ungeeignete Verteidigung gegen die »tapferen«, mit MG und Bomben bewaffneten Flugzeugpiloten.
Das zuerst noch ferne, aber unmissverständlich warnende Grollen der Flaks und der schweren Kanonen, das leise, stoßweise rhythmische Wimmern der MG-Salven, die dumpfen Detonationen der Granaten und Bomben und die unvergessliche, metallene «Musik« der Stalinorgel kamen immer näher, wurden immer lauter und bedrohlicher.
Die Einheiten der »Roten Armee« bewegten sich vielleicht noch acht, neun Kilometer südwestlich von uns in Richtung Osterode vor.
Unser williges Gespann holte noch einmal alles aus den dürren Leibern heraus. Aber der zähe, grundlose Boden sog den treuen Tieren sichtbar die letzten Kräfte aus den Knochen. Kurz vor Löbau kamen wir dann eine leichte, lang gezogene Steigung fast nicht mehr hinauf.
Es hatte einfach keinen Sinn mehr. Sie würden uns irgendwann in den nächsten Stunden den Weg abschneiden, man konnte fast den Zeitpunkt und den Ort des Zusammentreffens vorhersagen.
In dieser schier hoffnungslosen Situation trat ein großer, fast kahlköpfiger alter Bauer an die Deichsel des Pferdegespanns und hielt den Wagen und sein tödlich erschöpftes Gespann mit einem kräftigen Ruck an. Wir wussten alle, was das zu bedeuten hatte.

»Unsere Flucht ist hier zu Ende, Leute«, sagte er mit einer tiefen, vor Erregung fast zitternden Stimme. Alle schwiegen, aber jeder wusste, dass der alte Grischuweit nur das ausgesprochen hatte, was die meisten von uns schon vor vielen Stunden dachten, aber in ihrer Verzweiflung einfach nicht wahrhaben wollten. Es gab keine Hoffnung mehr; wir hatten den Wettlauf mit den Russen verloren. Unsere Flucht war in diesem lichten, hellgrün aufkeimenden Birkenwäldchen der Löbauer Heide endgültig zu Ende. Zögernd stieg einer nach dem anderen von dem hochrädrigen Wagen in den weißmarmorierten Matsch und suchte sich abseits des Weges eine trockene Stelle, um sich niederzulassen. Einige der alten Frauen hockten sich auch auf ein zusammengerolltes Kleiderbündel, mitten auf die feuchtschweren Schneeflächen, direkt an der Wegböschung.
Rat- und Hilflosigkeit und die bedrückende Klammer der Angst lag über der Gruppe der 22 Flüchtlinge. Der Jüngste von ihnen war Helmut Lamprecht, ein fünfjähriger schmalschultriger Junge aus Nikolaiken, der mit großen, furchtsamen Augen auf seinen nach außen hin so energisch und sicher wirkenden Großvater, den alten Wilhelm Grischuweit blickte.
Der älteste Flüchtling saß unweit des Wagens auf einem morschen Baumstumpf und blies hektische blaue Rauchwolken aus seiner langstieligen Tabakspfeife in die Luft.
Er hieß Eduard Wittka, war 89 Jahre alt und mein Großvater. Die Hand, mit der er die Pfeife immer wieder an den Mund führte, zitterte deutlich. Nicht vor Angst, sondern vor einer bleiernen Erschöpfung und der nervlichen Anspannung, die alle Beteiligten

ergriffen hatte. Es musste eine Entscheidung fallen. Einige der älteren Männer und Frauen bildeten einen kleinen, engen Kreis nahe des Wagens, wo der Boden noch nicht so tief aufgewühlt war von den vielen schwerbeladenen, an uns bereits vorbeigezogenen Wagen des Flüchtlingstrecks. Man beriet, was man tun sollte.

Gedämpfte Stimmen und undeutliche Worte flogen hin und her, hektische, ruhige, schrille und resignierende. Ich saß wie betäubt auf dem Stamm einer umgestürzten Föhre und hatte nur Angst, eine eiskalte, mein Innerstes erstarrende Angst.

Nach etwa 15 Minuten löste sich der Kreis der Alten plötzlich auf. Einige gingen kopfschüttelnd zum Wagen zurück, andere lächelten, fast wie erlöst, und manche hielten nur stumm die Hände vors Gesicht. Man sah trotzdem, dass sie weinten.

Wilhelm Grischuweit und mein Großvater gaben sich wortlos die Hände, dann sprach mein Großvater mit einer traurigen, etwas resigniert klingenden Stimme zu uns:

»Wir haben mehrheitlich beschlossen, dass jeder wieder zurück in sein Dorf geht, wenn er das will. Wer weiterfahren möchte, kann das auch tun. Aber er muss wissen, dass der Russe kurz vor unserem momentanen Standort steht. Mit schwerem Kriegsgerät und dem hasserfüllten Willen, niemanden entkommen zu lassen. Wir dachten, dass wir so weit als möglich zusammen bleiben, bevor sich unsere Wege in die verschiedenen Dörfer und Städte trennen. Wir wissen nicht, was die Russen oder Polen mit denen machen werden, die sie auf der Flucht einholen. Wir können es nur ahnen. Aussprechen wollen wir es jetzt lieber nicht. Ihr müsst euch jetzt entscheiden,

wer was machen möchte. Flucht oder Rückkehr. Also, wer will die Flucht fortsetzen?«
Bei dieser Frage wurde es schlagartig still in der Gruppe der Flüchtlinge. Nur das Grollen der nahen Panzerbrigaden war in der kaltfeuchten Luft zu hören. Mein Großvater nickte zufrieden und stellte nüchtern fest: »Es wollen also alle in ihre Dörfer und Städte zurück?«
Die Antwort war ein vereinzeltes Kopfnicken, Schweigen, ein zustimmendes leises »Ja«, und etliche resignierende Blicke, die einfach zurückgingen, zurück in die verlassene, wie leer gefegte Heimat, aber auch zurück in eine ungewisse Zukunft, die aber alle scheinbar noch lieber erwarteten als das unvermeidliche Zusammentreffen mit der russischen Armee. Nach einer kurzen Pause zogen uns die treuen, braven Pferde wieder zurück in Richtung Nikolaiken, wo der Ausgangspunkt der Fluchtbewegung war, der wir uns angeschlossen hatten. Unser Rückweg sollte uns auch über die Kernsdorfer Höhe und weiter in Richtung Reichenau führen. Aber wir kamen nicht weit. Noch in der Nähe von Löbau, unter einer steilen Bergkuppe, hörten wir auf einem Waldweg plötzlich das typische tiefe Brummen russischer T 34-Tanks auf uns zukommen. Schlagartig machte sich eine unglaubliche Panik unter uns breit. Alles, was noch einigermaßen laufen oder zumindest humpeln konnte, stob seitlich in die lichten, weit auseinander gezogenen Deckungsfluchten der noch fast kahlen Wälder.
Jeder rannte hirnlos und voll panischer Angst um sein Leben, ohne jede Überlegung, ohne den notwendigen Zusammenhalt unter den einzelnen Familienmitgliedern.

Diese plötzliche Todesangst machte aus unserer vorher so eng zusammengewachsenen Flüchtlingsgruppe in Sekunden einen unkontrollierten Haufen. Weg, nur schnell weg, war das Einzige, das zählte. Jeder war in diesem Augenblick nur mit seiner ganz persönlichen, durch panische Angst ins Bewusstsein gehämmerten Fluchtaktion beschäftigt.
Nur der Wagen mit den tödlich erschöpften Pferden und dem zurückgelassenen kärglichen Hab und Gut der Flüchtlinge blieb zurück. Meinen Großvater verlor ich dabei aus den Augen. Erst später erfuhr ich, was an diesem Nachmittag mit ihm geschah.
Mir selbst gelang die abenteuerliche Flucht zurück, zurück in meine fast verlorene kleine Welt. Aber was würde mich dort erwarten? Ein wildes, süßherbes Gemisch aus Furcht und neu aufkeimender Hoffnung benebelte meine Sinne. Wie sah es jetzt zu Hause aus? Wenn ich die Augen schloss, sah ich noch immer die grässlichen Horrorbilder, vor denen ich in panischer Angst floh, die ich endgültig aus meinem Gedächtnis streichen wollte und musste!
Aber manchmal, wenn auch selten genug, hörte man auch Berichte, die ein anderes, humaneres Bild beschrieben. Von Menschlichkeit und von Verzeihen. Ich klammerte mich jedenfalls wie eine Ertrinkende an diese Schilderungen, ich hatte auch gar keine andere Wahl.
Nach dem Fast-Zusammenstoß mit der russischen Einheit schlug ich mich instinktiv in das dichte Unterholz der Rot- und Weißdornsträucher neben dem Waldweg. Verflochten und dicht wogte hier eine blattlose Gebüschwelle 20, 30 Meter lang am Wegrand in eine abfallende Kaule hinunter. Der völlig aufgewühlte Pfad ließ keine verräterischen Spuren

zurück. Ich wollte erst zur Besinnung kommen und blieb mit pochendem Herzen einfach in meinem Versteck liegen und wartete ab. Langsam beruhigte ich mich wieder, das Denken gewann allmählich die Oberhand über die lähmende Angst.

Es dauerte keine zehn Minuten, bis nach den acht oder neun vorbeidonnernden »T 34« die ersten russischen Soldaten siegestrunken und grölend vor meinem Dornengestrüpp auftauchten. Meine Anspannung wuchs, mein Herzschlag dröhnte fast überlaut in den Ohren.

Dicht hinter einem Trupp von vielleicht 100 Infanteristen brummten nacheinander sechs gewaltige Militärlastwagen an mir vorbei, die mit schwerem Kriegsgerät und verwundeten Soldaten beladen waren.

Als direkt vor mir einer dieser schweren Transportungeheuer im zähen Schlamm stecken blieb und einige Soldaten fluchend an meinem Versteck vorbeiliefen, um Äste zu suchen, die sie unter die haltlos durchmahlenden LKW-Reifen schieben konnten, machte ich mich noch kleiner und schloss die Augen. Jeden Moment konnten sie mich entdecken! Ein Schuss und alles wäre vorbei.

»Rast, dwa, tri, rast, dwa, tri!«, erscholl es keine fünf Meter vor mir immer wieder rhythmisch anfeuernd aus etlichen russischen Kehlen, bis das schwere Gefährt endlich aus dem Schlammloch freikam.

Die Nachhut bildeten wieder einige Dutzend stark angetrunkene Soldaten, die mehrere Kühe und Schweine als lebenden Proviant mitführten. Lachend und grölend zogen manche ihre MGs am Lauf durch das Schlamm- und Schneegemisch des Weges. Meine anfängliche Panik verflog allmählich, als ich bemerkte, in welch benebeltem Zustand diese russische Einheit an mir vorbeizog. Die zwei braven Braunen vor unserem zurückgelassenen Wagen wurden ausgespannt und noch an Ort und Stelle erschossen, ausgenommen, zerteilt und als zusätzliche Fleischration mitgenommen. Der Heuwagen wurde samt seiner ärmlichen Last von einem Panzer platt gemacht. Natürlich bemerkte man noch manche Flüchtlinge, die teilweise erst einige hundert Meter weit gekommen waren, stieß ihnen jedoch nicht hinterher. Offensichtlich hielt man das nicht für nötig. Als der Trupp nach etwa einer halben Stunde endlich außer Hör- und Sichtweite war, traute ich mich vorsichtig wieder aus meinem Versteck. Es war fast unheimlich still. Ich war alleine, nur die weiße, so trügerisch friedlich erscheinende masurische Landschaft umfing mich. Ich hatte einige Schüsse gehört. Aber wem sie galten, ob sie ihr Ziel gefunden hatten, ich wusste es nicht.

Was war aus meinem Großvater geworden? Würde ich ihn in Mühlen wieder sehen? Lebte Roland noch, mein Bruder, der mit knapp 19 Jahren an die Ostfront geholt worden war? Ich wusste, in welche Richtung ich gehen musste, um nach Mühlen und dann eventuell weiter nach Hohenstein zu kommen. Mehrmals blieb ich minutenlang in der fast domartigen Stille der Landschaft stehen und hörte hinaus in das trügerische Schweigen, das nur ab und zu von fernen Detonationen und wimmernden MG-Salven unterbrochen wurde.

Als ich vor unserer Flucht von einem zweitägigen Hamsterbesuch bei Bekannten aus Neidenburg überstürzt und voller böser Vorahnungen zurückkam, war bei uns schon alles vorbei gewesen.

Meine Mutter war vergewaltigt und verstümmelt worden, bevor man sie ans Hoftor genagelt hatte, mein Vater lag ohne Kopf mit durchlöchertem Rumpf vor den leeren Stallungen. Außer meinen Eltern krümmten sich noch zwei Knechte und meine Großmutter Annemarie tot im Hof.
Ich wagte nicht daran zu denken, dass ich dieses grausame Schreckensbild zu Hause noch immer vorfinden würde, wenn ich mich bis nach Hohenstein durchgeschlagen hatte. Was sollte ich dort überhaupt noch? Mein Erbe antreten, als einzige Hinterbliebene? Ich erschrak fast über meinen Sarkasmus. Dass meine Eltern nicht aus Ostpreußen weg wollten, war ein tödlicher Fehler gewesen. Aber wie viele kamen auch auf der Flucht um? Hunderttausende liefen seit Wochen um ihr nacktes Leben. Männer, Frauen, Kinder und Alte. Und viele verstanden nicht einmal, warum sie das tun mussten.
Ja, es war Krieg und das »Tausendjährige« Deutsche Reich war gerade dabei, diesen Krieg zu verlieren. Aber mussten deshalb die abscheulichsten, menschenunwürdigsten Gräueltaten an der Zivilbevölkerung begangen werden? Musste man die Bevölkerung abschlachten, schlimmer als Vieh? Die Russen und Polen waren doch auch Christen! Galt das nur vor und nach dem Krieg? Wie konnte man einen Menschen töten, den man nicht einmal kannte? Nur so, auf Befehl? Nur weil er anderswo geboren wurde? Nur weil er eine andere Sprache sprach? Oder aus Rache? Diese Fragen wirbelten unbeantwortet und hoffnungslos durch meinen verwirrten Kopf.
Vorsichtshalber mied ich auf meinem Weg nach Mühlen die größeren Dörfer und Straßen und ging

stattdessen lieber querfeldein durch die teilweise noch verschneiten Wälder, Wiesen und Felder.
Immer wieder musste ich mich verstecken und vorbeiziehende, schwer bewaffnete Einsatztruppen abwarten. Das war nerven- und kräftezehrend und nahm viel Zeit in Anspruch. Wenn ich nicht mehr laufen konnte, schlief ich in leeren Scheunen oder verlassenen Bauernhäusern. Davon gab es um diese Zeit mehr als genug. Einmal hatte ich sogar das Glück, dass die vorherigen Besitzer in ihrer überstürzten Flucht noch einige Vorräte in der Speisenkammer zurückgelassen hatten und drei ungemolkene Kühe im Stall brüllten.
Eine wirklich nahe, gefährliche Begegnung mit Soldaten hatte ich nur einmal, als ich ein leeres, einsam am Waldrand liegendes Haus für eine mögliche Übernachtung inspizieren wollte.
Einige sturzbetrunkene Russen sonnten sich hinter dem Haus auf einigen alten Matratzen. Ich bemerkte sie erst sehr spät, aber sie waren so benebelt, dass ich mich noch unbemerkt davonstehlen konnte.
Am Morgen des dritten Tages nach unserer Umkehr kam ich endlich am Ortsrand von Mühlen an. Mit bangem Herzen und Nerven, die zum Zerspringen angespannt waren, schlich ich mich im diffusen, von Nebelschleiern durchbrochenen Licht des beginnenden Tages von der Seewalder Seite her zwischen den ersten flachen Häusern ins Dorf. Aber wie sah es hier aus? Über die Hälfte der Häuser war entweder stark beschädigt oder völlig zerstört. Das Gemeindehaus und Garbrechts Gaststätte existierten praktisch nicht mehr, ebenso die Schmiede, die Mühle hatte erhebliche Treffer abgekriegt, wie etliche Höfe entlang der Maranse. Das Dorf lag völlig menschenleer vor mir,

doch über der noch gut erhaltenen Schule wehte weithin sichtbar die rote sowjetrussische Fahne.
Die wenigen zurückgebliebenen deutschen Bewohner sah man genauso wenig auf der Dorfstraße wie die neue Besatzungsmacht. Aber was sollte das schon bedeuten? Sie waren hier, ich wusste es nur zu genau. Und was sollte jetzt noch meine blödsinnige Geheimniskrämerei? Ich hatte mich entschieden, hier zu bleiben. Also musste ich mit den Russen Kontakt aufnehmen, auch wenn mir unglaublich davor graute.
Als ich langsam weiter in die Dorfmitte ging, sah ich auch die ersten Uniformierten der russischen Armee, die mir nachsahen, als käme ich von einem anderen Stern. Mein Weg führte mich weiter an der Ruine der Schmiede vorbei zur noch gut erhaltenen Kirche. Und dann sah ich den Hof meines Großvaters am Straßenrand auftauchen und ich weinte vor Glück. Der Hof stand noch da, er war nur leicht beschädigt. Das Haupthaus hatte, wie ich bei näherer Betrachtung feststellte, überhaupt nichts abbekommen, nur bei den Stallungen waren das Tor und ein Teil der hölzernen Nordseite durch Granateinschlag zerborsten.
Einige russische Soldaten gabelten mich erwartungsgemäß unmittelbar vor unserem Hof auf. Einer von ihnen, ein kleiner, dicker Kerl mit gutmütigem Gesichtsausdruck sprach mich in gebrochenem Deutsch an: »Hej, Mäddchen! Wo du hin?!«
Mein Herz versank blitzschnell tief in meiner viel zu langen Männerhose. Ich musste wohl sehr verschüchtert und komisch ausgesehen haben, denn die vier Soldaten lachten laut auf und umringten mich kichernd und neugierig. Ich dachte mit Schaudern an

die warnenden Worte meiner Mutter: »Wenn dich die Russen zu fassen kriegen, sag ihnen, dass du erst zwölf Jahre alt bist. Vielleicht lassen sie dich dann in Ruhe!«

In Wirklichkeit war ich fast 15, aber das sah man mir wirklich nicht an.

»Du Sprache verloren, meine Kind?«, meinte der kleine Dicke und sah mich aus großen Augen erstaunt an.

»Ich bin Erna Sempf«, brachte ich kaum hörbar hervor. »Mein Großvater, seine Familie und ich wohnen hier.«

Wieder lachten sich die vier Soldaten halb tot.

»Sie hier wonnt, wie kommisch«, wiederholte der Dicke glucksend.

»Du meinen, du hier gewonnt einmal vor lange, lange Zeit, so wie deine klapprige Großvater?«

Meine Angst war bei diesen Worten mit einem Schlag verflogen. Ich spürte, dass sich die Männer nur einen Spaß mit mir machen wollten.

»Mein Großvater lebt?«, stieß ich hoffnungsfroh hervor.

Jetzt lächelten mich die vier verlegen, fast wohlwollend an.

»Gäh hinein, Mäddchen«, sagte ein dürrer, älterer Soldat mit dem roten Sowjetstern auf seiner Fellmütze scharf. »Chef wird sagen, wie weiter. Ob iberhaupt weiter. Du mich verstähn?« Sein hintergründiges Grinsen zersprang in tausend Falten und versetzte mich plötzlich wieder in Panik.

Als ich das Haus wieder betrat, das ich vor wenigen Tagen noch für immer verloren geglaubt hatte, schlug mir ein vertrauter Geruch von Äpfeln und Kernseife auf dem im Halbdunkel liegenden Flur wie

ein erster heimatlicher Gruß entgegen. Dann öffnete ich langsam die schwere, reich bemalte Eichentüre zur Guten Stube.
Wenige Meter vor mir, mit dem Rücken zu mir gewandt, saß ein weißhaariger alter Mann und blies blaue Rauchwolken aus einer langstieligen Pfeife zur Decke.
Mit einem Aufschrei lief ich auf den massiven Schaukelstuhl am Fenster zu, dem Lieblingsplatz meines Großvaters. Auf seinen Knien lag seine schwarzweiß karierte Wolldecke und auf ihr schnurrte zufrieden vor sich hindösend unser gemeinsamer Liebling, der graurot getigerte Kater Moritz.
Kurz bevor ich meinem Großvater mit einem freudigen »Opa!« um den Hals fallen konnte, drehte der sich erschrocken herum und sah mich entgeistert an. Ich prallte entsetzt zurück. Vor mir saß ein völlig unbekannter Mann!
Als er sich etwas umständlich aus dem tiefen Schaukelstuhl aufrappelte, stand ein uniformierter, hoher russischer Offizier vor mir, der mich höflich auf Russisch ansprach. Ich verstand kaum ein Wort. Die Angst hatte mich wieder in ihrem eisernen Griff. Bebend sah ich zu dem etwa 60 Jahre alten, weißhaarigen Offizier auf. »Bitte, sagen Sie mir, wo mein Großvater ist!«, brach es unkontrolliert aus mir heraus.
Die meerblauen Augen des Mannes vor mir nahmen einen strengen, ernsten Ausdruck an. Er öffnete den schmallippigen, hartgeschnittenen Mund in seinem unrasierten, hageren Gesicht und brüllte etwas auf den Flur hinaus.
Es dauerte keine fünf Sekunden, als die Türe aufflog und der gemütlich wirkende, dicke Soldat herein-

stürzte und militärisch grüßte, indem er seine etwas eingesunkene Gestalt straffte und die flache Hand zackig an den Mützenrand schlug.
Der Offizier gab einige knappe Anweisungen, dann setzte er sich wieder in Großvaters Schaukelstuhl und legte die schwarzweiß karierte Decke über die Knie.
»Ich Dimitrij Wassiliew. Ich Spracheübersetzung für Oberst Boris Klimenkov und deutsche Mäddchen«, lächelte mich der Soldat freundlich an.
Aber die Sorge um meinen Großvater ließ mich kaum darauf eingehen. Trotzdem versuchte ich mich zusammenzunehmen und stellte meine Frage relativ gefasst an den freundlichen Soldaten: »Bitte, Dimitrij, sagen Sie mir doch endlich, was aus meinem Großvater Gerhard Sempf geworden ist? Lebt er noch? Und wissen Sie etwas von meinem Bruder Roland Sempf?«
Dimitrij Wassiliew wandte sich an den Offizier. Minutenlang flogen russische Worte hin und her. Schließlich nahm mich der Soldat einfach an der Hand und führte mich schweigend aus dem Haus. Meine Ungeduld wuchs ins Unermessliche.
Im Garten setzten wir uns auf die Bank hinter dem Haus. Der Soldat blickte mich noch immer freundlich an, dann zuckte er wie entschuldigend mit den Schultern und meinte: »Wir nix wissen, wo Bruder und Großvater! Wenn Großvater Sempf Nazi, dann wahrscheinlich tot! Wenn Bruder an Front gegen siegreiche russische Armee, dann wahrscheinlich auch tot.«
»Mein Großvater ist kein Nazi«, schrie ich den kleinen dicken Soldaten verzweifelt an.
Der rückte erschrocken ein wenig von mir ab.

»Dann Großvater vielleicht geflohen oder in Kriegsgefangenschaft, wie Bruder? Jetzt wir noch nicht wissen. In ein, zwei, drei Woche wissen, ob gefangen oder tot. Du müssen Geduld, du nichts ändern mit Angst um Großvater und Bruder.« Ja, natürlich, er hatte sicherlich Recht. Trotzdem drängten sich jetzt unaufhaltsam Tränen aus meinen Augen, die ich einfach nicht mehr zurückhalten konnte.
Dimitrij Wassiliew nahm mich fürsorglich in den Arm, strich mir unbeholfen über den Kopf und wartete geduldig, bis ich mich ausgeheult hatte. Dann nahm er mich wieder an der Hand und führte mich durchs Haus hinauf in den ersten Stock, zum ehemaligen Schlafzimmer meiner Großeltern.
»Du vorerst hier in Haus wonnen. Oberst muss viel nachdenken, wie weitergeht. Einverstanden?« Ich nickte nur stumm und setzte mich mit einem Gefühl unendlicher Verlassenheit aufs Bett. Wassiliew verschwand wieder und ließ mich allein.
Ich sah mich wie betäubt um. Bis auf eine kleine Birkenholzkommode, die fehlte, sah der Raum noch so aus, wie ich ihn in Erinnerung hatte.
Ich sperrte die Türe ab, zog mich aus und wusch mich gründlich, dann legte ich mich todmüde ins Bett. Schon wenige Minuten später glitt ich ins Land der Träume.
Erst als die Sonne bereits hoch am Himmel stand und ihre grellen Lichtstreifen auf den hölzernen Fußboden warf, wurde ich durch ein kräftiges Pochen an der Türe aus einem tiefen, unruhigen Schlaf gerissen.
«Errna! Kommen an Tisch von Oberst, zu Essen!« Es war die gemütliche Stimme von Dimitrij, die da durch die dicke Eichentür drang. Dann hörte ich seine Stiefelschritte die Treppe hinunterpoltern.

Ich wusch mir das Gesicht schnell mit etwas kaltem Wasser ab und schlüpfte in ein frisches, überraschend modisches Kleid meiner Großmutter, das ich im großen, aus hellgelbem Birkenholz gezimmerten Schlafzimmerschrank fand. Dann stieg ich vorsichtig Schritt für Schritt im dunklen Treppenhaus die ausgetretenen und knarrenden Holzstufen hinunter und klopfte aufgeregt an die schwere Türe zur Guten Stube.

Von drinnen dröhnte der tiefe Bass des Oberst zu mir: »Dawei, dawei, Piroschka!«

Ich war völlig überrascht von dem Bild, das sich mir bot, als ich ängstlich eintrat.

Der große Esstisch in der Mitte des Zimmers war fast wie eine festliche Tafel gedeckt! Mit Großmutters Meißner Porzellan, mit dem schweren litauischen Silberbesteck und den kunstvoll geschliffenen, weißen Bleikristallgläsern aus Königsberg, die ich den Großeltern jedes Jahr stückweise zum Hochzeitstag oder zu Weihnachten geschenkt hatte. Und wieder schwappte eine mächtige Welle von Wehmut über mein Gemüt, wenn ich an die beiden und an meine toten Eltern auf unserem Hof in Hohenstein dachte. Aber ich verdrängte diese Gedanken sofort wieder, so gut es eben ging.

Eine weitere Überraschung war, dass außer dem Oberst und Dimitrij Wassiliew noch zwei weitere, etwa 25 und 30 Jahre alte Männer mit am Tisch saßen. Der eine etwas jüngere Mann erhob sich, als ich zaghaft auf den Tisch zuging und bot mir am anderen Tischende, dem Oberst gegenüber, Platz an.

Er war etwa einsachtzig groß, hatte pechschwarze, schulterlange Haare, dunkelbraune Augen und ein sehr ebenmäßiges, fast burschikoses Gesicht.

Seine Hände, die mir höflich den Stuhl zurechtrückten, waren feingliedrig und schmal. Die leicht angestaubte Uniform war zerschlissen und wies einige unübersehbare Löcher auf. Sie verriet mir dennoch, dass er vermutlich von einem polnischen Reiterregiment sein musste.
Der andere mir noch unbekannte Mann blieb rechts neben Dimitrij sitzen und nickte mir lächelnd zu. Er hatte extrem kurze, blonde Haare, einen rotblonden Dreitagebart und hellgrüne, stechende Augen, die das Lächeln des vollen, etwas spöttisch wirkenden Mundes nicht vollendeten. Ich hatte kaum Platz genommen, als Wassiliew die zwei jungen Männer etwas unbeholfen vorstellte.
Zuerst deutete er auf den blonden Mann neben sich. »Dies Michail Dermochin, von russische Armee vorläufig eingesetzte Ortsamtmann und Burgermeister von Ort Mielno, jetzt russische Hoheitsgebiet. Und diese Mann, Jerzy Kempinski, polnische Kommandant von 11. Reiterregiment aus Torun«, stellte er den anderen Mann kurz vor.
Nun ergriff Oberst Boris Klimenkov mit seinem tiefen, ruhigen Bass das Wort und wurde von Dimitrij folgendermaßen übersetzt: »Wir jetzt erst essen, dann bei Wodka und preußische Bärrenfangen über Zukunft von Mäddchen Erna sprechen. Ob hier bleiben, ob weg mussen, ob Lösung gibbt, die Oberste Sowjet einverstanden!« Meine Unruhe wuchs, was hatten diese Männer tatsächlich mit mir vor? Konnte ich denn hier im Haus meiner Großeltern nicht am Besten auf meinen Großvater warten?
Jetzt erst nahm ich bewusst wahr, wie unglaublich die Tafel für die Verhältnisse dieser Zeit mit Speisen beladen war.

Auf einem großen Porzellantablett dampften zahlreiche fettglänzende, dicke Bratenscheiben, daneben stand eine gutgefüllte Saucière mit dunkelbraun schimmernder Soße, in einer anderen Schüssel breitete sich in sanften Wellen Kartoffelbrei aus, eine weitere Schüssel war bis obenhin mit Schwarzwurzeln und specküberstreutem Rosenkohlgemüse gefüllt und in Großmutters edler Kristallkaraffe funkelte ein dunkelroter, stark duftender Wein.
Der Oberst forderte ungeduldig meinen Teller und füllte ihn reichlich mit all diesen ungewöhnlichen Köstlichkeiten. Zur gleichen Zeit schenkte mir Dimitrij das Weinglas mit der blutroten duftenden Flüssigkeit halb voll. Nach und nach beluden auch die anderen ihre Teller mit den reichhaltig angebotenen Speisen.
Es entwickelte sich schon nach wenigen Minuten ein etwas merkwürdiges Gespräch, das in Deutsch, Polnisch, Russisch und den mühsamen Übersetzungen Dimitrijs geführt wurde.
Man versuchte mich »unauffällig« auszuhorchen, ohne selbst etwas über die eigenen Interessen preiszugeben. Das führte dazu, dass gegenseitig wesentlich mehr Fragen als Antworten zur Sprache kamen. Erst nach dem ersten Abtasten und dem steigenden Alkoholkonsum der Männer glitt das Gespräch in normalere Bahnen.
Irgendwann wurde mir schließlich unmissverständlich klar gemacht, dass ich normalerweise in ein sibirisches Arbeitslager deportiert werden müsste. So, wie es auch vielen anderen zurückgebliebenen Dorfbewohnern ergangen sei. Normalerweise.
Aber Oberst Boris Klimenkov hatte eine unerklärliche Schwäche für mich entwickelt.

Vielleicht sah ich einer seiner Töchter ähnlich, vielleicht mochte er mich auch nur, weil ich in dieser grausamen, gefühllosen Zeit so gegensätzlich harmlos und kindlich wirkte? Ich erfuhr es nie.
In diesen Tagen waren jedenfalls solch seltene Gefühlsregungen von absolut überlebenswichtiger Bedeutung. Man entschied sich schon während des Essens einmütig dafür, mich bestmöglich zu »verwalten«. Aber was bedeutete das für mich?
Es sollte viele Monate, ja, Jahre dauern, bis ich diese Entscheidung vollständig begriff.
Nach diesem für mich richtungsweisenden Essen an einem frühen Nachmittag im März 1945 im Haus meiner Großeltern in Mühlen, schlenderte ich völlig unbehelligt und frei durch das Dorf, um mir ein Bild von dem zu machen, was ich heute mit genügend Abstand ganz kühl »Bestandsaufnahme« nennen würde.
Welche Gebäude standen noch, welche Menschen, die ich vor knapp zwei Wochen sah, mit denen ich sprach, deren Sorgen und Freuden ich kannte, lebten noch hier im Ort?
Dieser Spaziergang durch Mühlen wurde für mich aber auch ein Weg durch die Vergangenheit, durch eine für immer verlorene Epoche, einen Geschichtsabschnitt, den es so nie mehr geben konnte. Das war mir in diesen Momenten, in denen meine Brust vor traurigen Gefühlen zu bersten drohte, natürlich nicht bewusst.
Die bohrende Ungewissheit um meinen Großvater und Roland, das bittere Wissen um den tragischen Tod der Eltern, der Großmutter, der Mägde und Knechte auf unserem Hof in Hohenstein, die unbekannte Gegenwart und Zukunft des eigenen Lebens,

das alles erfüllte mich mit solch gewaltigen Gefühlen, denen ich mit meinen knapp 15 Jahren kaum gewachsen war.
Als ich das Haus meiner Großeltern an der Mühle verließ und in Richtung Domäne ging, nahm ich bei fast jedem Schritt wahr, dass ganze Generationen in den Trümmern dieses wahnsinnigen Krieges vergangen sein mussten.
Viele Häuser, vor allem die der Siedlung am Ortseingang vom Bahnhof her kommend, standen nicht mehr oder waren schwer beschädigt. Die gegenüber liegende Domäne lag dagegen fast unbeschädigt auf ihrer flachen Anhöhe.
In der anderen Richtung, zum Mühlen-See hinaus und an der Maranse entlang, stand ebenfalls kaum noch ein unversehrter Hof. Zwischen den Ruinen bewegten sich meist russische Soldaten, einige polnische Zivilisten bauten Notunterkünfte aus Zeltplanen, gefundenen Holzbalken und gut erhaltenem Bauschutt auf. Überall standen schwere Militärlastwagen oder Jeeps herum, an den Dorfeingängen vereinzelt auch einige der gefürchteten T 34-Panzer und anderes Kriegsgerät.
Tote sah ich auf der Straße keine, aber kaum ging man etwas abseits der morastigen Hauptwege durchs Dorf, stiegen die Chancen beträchtlich an, auf eine unkenntlich zerschossene Leiche oder deren Einzelteile zu treffen.
Es glich fast einem Wunder, aber einige Mühlener blieben wirklich wie ich von Tod, Flucht, Vertreibung oder Gefangenschaft verschont und hier an ihrer »Heimatscholle« kleben. Es waren vor allem Leute, die sich deutlich auf die 70 oder gar 80 Jahre zubewegten. Nur fünf Kinder, alle unter zwölf, blie-

ben im Dorf zurück. Die Eltern gerieten entweder in Kriegsgefangenschaft oder waren schon am Anfang der Flucht ums Leben gekommen.
Den meisten Dorfbewohner gelang die Flucht, einige wurden bei der Besetzung des Ortes erschossen, andere schufteten bis zu ihrem Tod in irgendwelchen fernen, russischen Arbeitslagern und zu viele Männer fanden auf den Schlachtfeldern ihre ewige Ruhe.
Als ich kurz vor dem Mühlen-See zur Kiesgrube abbog, nur um mich endlich einmal unbeobachtet hemmungslos ausheulen zu können, traf ich auf Michail Dermochin, den vom Militär eingesetzten russischen »Bürgermeister« des zerstörten Dorfes.
Ich wollte sofort wieder kehrtmachen, als ich ihn sah, aber er lief mir schimpfend hinterher und überschüttete mich mit einem Schwall russischer Worte, von denen ich nur so viel verstand, dass er wissen wollte, was ich hier zu suchen hatte. Was sollte ich dazu schon sagen?
Er reagierte ziemlich barsch, als ich ihn nur stumm und ängstlich anstarrte. Schließlich nahm er mich mit in seine »Amtsstube« in der Schule. Unterwegs gabelte er noch Dimitrij Wassiliew auf, der mit einigen älteren Frauen bei einem angeregten Plausch zusammenstand. Zwei davon kannte ich ganz gut.
Es waren Wilhelmine Stumpf und Gerda Buzinski. Beide schon deutlich um die 70 und mit meinen Großeltern eng befreundet.
Wilhelmine Stumpf geriet ganz aus dem Häuschen, als sie mich sah. »Men Jott, Marjellchen, wat habn se denn mit dir vor? Wat is mit die Eltern jewordn, Kindchen? Warum haste nich beizeitn das Weite jesucht? Men Jott, men Jott, das Marjellchen is noch hier!«

Auch Gerda Buzinski, die etwas schlecht sah, erkannte mich, als ich mit dem Russen an ihnen vorbeikam. Sie reagierte ebenso bestürzt wie ihre betagte Freundin. »Ernachen, Kindchen, wa werdn da helfn, wenn de uns brochen tust. Wir hausn in da Scheune vom alten Garbrecht! Lass da nich unterkrichn, Ernachen! De Russn hier sein jar nich so ibl.«

Michail Dermochin fuhr Dimitrij unwirsch an und der folgte uns grinsend in zwei Metern Abstand. In der Schule waren einige Räume zu Amtszimmern umfunktioniert worden. Hier wurden Papiere und Ausweise abgegeben oder man erhielt neue, es wurden Genehmigungen, Lebensmittelmarken und Bescheinigungen verteilt. Und hier wieherte der Amtsschimmel, fast wie im alten Ostpreußen. Aber bei den Russen gab es auch Ausnahmen und besondere Fälle. Teilweise so viele, dass es schon fast keine Ausnahmen mehr waren.

Als Dermochin hinter seinem alten, schon stark beschädigten Schreibtisch wichtig Platz genommen hatte, ging die Türe auf und ein kleiner, mongolisch wirkender Soldat kam mit einer alten »Leica« in der Hand herein. Er holte sich noch völlig unbeteiligt den Anschiss vom »Bürgermeister« ab, weil er nicht angeklopft hatte und hantierte dann gelangweilt an seiner Kamera herum. Dimitrij sah dem Treiben gut gelaunt von einer Ecke, in der er stand, zu. Ich wurde langsam nervös.

Dermochin räusperte sich bedeutend, fuhr sich mit der rechten Hand über seine Bürstenfrisur und sah mich ernst an. Dimitrij übersetzte. »Wo Papiere? Ganze Name, Geburtstag, Eltern, wo auf Läbn gekommen?«

Ich kramte einen abgegriffenen, kaum mehr leserlichen Pass aus meiner Rocktasche und reichte ihn Dermochin, der ihn vorsichtig mit zwei Fingern entgegen nahm, als hätte ich ihm eine tote Ratte hingehalten.
Dann versuchte er die verschmierten Buchstaben zu entziffern, was ihm aber nicht gelang. »Ernaa Se...., Semp?«, stotterte er. Mehr war wirklich nicht zu erkennen.
Wütend warf er den Pass in den Papierkorb und fluchte laut. Dimitrij fand das alles ungemein lustig. Auch der kleine mongolische Fotograf kicherte in hellen, meckernden Lauten.
»Dawei, dawei, Errna!«, fuhr mich der »Bürgermeister« an.
»Erna Sempf, geboren am 3. Juni 1930 in Hohenstein. Meine Eltern waren Rudolf und Gunhilde Sempf, in Hohenstein....« Ich zögerte, doch dann sagte ich mit Bestimmtheit: »In Hohenstein von der heldenhaften russischen Armee ermordet!«
Minutenlang herrschte nach der stockenden Übersetzung durch Dimitrij, der immer bleicher wurde, ein totales Schweigen. Ich war über meine eigene Kühnheit maßlos erschrocken und wartete wie ein junger Hund auf seine berechtigten Prügel. Es brach einfach so aus mir heraus, ich konnte und wollte es in diesem Augenblick nicht steuern. Es musste so sein.
Michail Dermochin sah mich lange aus seinen grünen, unergründlichen Augen an. Dann nahm ich kaum sichtbar einen winzigen feuchten Schleier in seinen Augenwinkeln wahr. War dieser nach außen hin so barsche und unnahbar wirkende Mann wirklich zu solchen Gefühlen fähig? Er war es.

Er senkte den Blick und deutete mit der rechten Hand noch immer schweigend zur Türe. Wir gingen. Aber kurz bevor wir seine »Amtsstube« verließen, brüllte er uns doch noch lautstark hinterher, so als ob er seine Gemütsregung vor uns korrigieren wollte: »Ušli!!!«*

Wir verließen grinsend das Zimmer und blieben auf der Straße noch kurz stehen, um einen neuen Termin zu vereinbaren. Dimitrij sah mich belustigt an, dann sagte er: »Morgen weiter sprechen. Michail heute zu viel trinken. Morgen neue Pass mit neue Foto und neue Leben machen!« Dann gingen er und der Fotograf die Dorfstraße hinunter.

Was sollte ich jetzt machen? Ins Haus meiner Großeltern zurückgehen, um mich oben im Schlafzimmer zu vergraben oder mich mit Gerda Buzinski und Wilhelmine Stumpf über ein weiteres Vorgehen aussprechen? Sogar jetzt dachte ich für kurze Augenblicke noch an Flucht. Aber wo sollte ich mich schon hinwenden? Ich kannte niemanden außerhalb Ostpreußens. Trotzdem kam ich mir in diesen Tagen auch in Mühlen wie eine Fremde vor, wie eine Fremde in der Heimat.

Ich entschloss mich zögernd, zu den beiden Alten zu gehen. Sie waren von Anfang an hier geblieben, sie hatten mit Sicherheit wesentlich mehr Erfahrung als ich und einen besseren Überblick über die Situation im Dorf. Und wenn sie es für notwendig halten würden, dass ich mich doch noch absetzen sollte, dann konnten sie mir vielleicht auch sagen, wohin.

Garbrechts Scheune lag nur wenige Schritte vom ehemaligen Gemeindehaus entfernt. Unzerstört stand

---

*russ.: »Fort mit euch!«

sie mit ihrem fast neuen roten Ziegeldach zwischen den Ruinen, die sich rechts und links von ihr ins hohe Unkraut und wuchernde Gebüsch duckten. Eine kleine Holztafel mit weißer Schrift trug die Namen der beiden Witwen, die hier vorerst eine Bleibe gefunden hatten. Es dauerte eine ganze Weile, bis sich nach meinem Läuten an der alten Drahtschelle die vertrauten, schlurfenden Schritte von Wilhelmine Stumpf hinter der windschiefen Tür regten.
»Ernachen, Marjellchen! Komm rin in die jute Stube. Wir habn schon mit dir jerechnet, Kindchen!«, lächelte mir das zerknitterte Gesicht von Wilhelmine freundlich entgegen.
Der Weg durch die Scheune führte uns zuerst durch den im Halbdunkel liegenden Kuhstall, in dem noch fünf schwarzweiß gescheckte Milchkühe standen und ihr dürftiges Stroh kauten. Am Ende des flachen, geräumigen Baus war ein großzügiger Wohnbereich mit einer Bretterwand vom Stall abgetrennt worden.
Wilhelmine brüllte schon von weitem ihr beruhigendes »Ich bin's nur, Gerda, mit dem Marjellchen im Schlepptau!«
Eine schmale Brettertür öffnete sich und das Licht des Wohnraums warf einen bleichen, hellen Streifen auf den mit Stroh belegten Holzboden. Dann drängte sich die kleine, schon etwas gebückte Silhouette von Gerda Buzinski ins Licht der Türöffnung. Sie umarmte mich wortlos wie ihr eigenes Kind vor der Türe und küsste mich mit ihren trockenen Lippen auf die Stirn.
Ich war angenehm überrascht, als ich die Gute Stube der beiden betrat. Der Raum strahlte eine behagliche, freundliche Atmosphäre aus. Die beiden Alten

hatten sich mit viel Liebe und Phantasie eine gemütliche Bleibe geschaffen. Insgesamt drei Zimmer waren im hinteren Teil der Scheune errichtet worden. Ein großer, vielleicht 30 Quadratmeter umfassender Raum und zwei etwa halb so große Räume, die von Gerda und Wilhelmine jeweils als Schlafkammer genutzt wurden.

Ein kleiner, offener Raum enthielt einen alten Holz- und Kohleherd, einen heruntergekommenen und mehrfach ausgebesserten Geschirrschrank und einen riesigen Badezuber aus Zink.

Zwei relativ große, mit schneeweißen Gardinen behängte Fenster ließen genügend Licht von draußen in die schlichte, aber saubere Gute Stube.

Ein kleiner, runder Steintisch, der aus dem Garten kommend hier einspringen musste, war mit einer buntbestickten Tischdecke gedeckt. Darauf standen eine große Kaffeekanne aus rotlackiertem Blech, ein Holztablett mit Butterstreuselkuchen und Schmand in einer dunkelgrünen Blechschüssel, zwei weiße Porzellanteller und zwei große Kaffeetassen mit einem verschnörkelten blauen Muster. Nichts passte zusammen, es war eben ein typisches, aus der Not bunt zusammengewürfeltes Restbeständegedeck in Kriegszeiten.

»In unserem vorbildlichn Haushalt kannst du mit einem einzichn Blick die Vielfalt der ostpreußischen Essjeschirrgenerationen kennen lernen«, meinte Wilhelmine ironisch.

Sie ging zu einem offenen Bretterregal und holte noch eine dritte Tasse mit abgebrochenem Henkel heraus. Gerda legte einen silbernen Teelöffel dazu und schob mir verschämt ein etwas verkohltes Holzbrettchen daneben.

»Leider habn wa derzeit kein vanünftiches drittes Jedeck mehr ibrich, Kindchen«, meinte sie entschuldigend.
Dann schnitt sie ein großes Stück von dem wunderbar duftenden Streuselkuchen ab und legte es mir auf das Holzbrettchen, Wilhelmine goss uns allen währenddessen den dampfenden Korn- und Malzextrakt in die Tassen, der mit etwas Phantasie und Geschmacksneutralisierung durchaus als Kaffee-Ersatz herhalten konnte.
»Was führt dich denn zu uns ollen Primeln, Kindchen?«, begann Gerda Buzinski und lächelte mich aus ihren wässrigen Augen neugierig an. Ich nahm zuerst einen gewaltigen Bissen Streuselkuchen, den ich mit einem Schluck Kornkaffee »aromatisiert« hinunterspülte, bevor ich antwortete.
»Ich weiß im Moment weder wohin, noch was ich machen soll«, klagte ich kleinlaut mein Leid. »Die Russen sind wohl bereit, mir einen neuen Pass auszustellen, aber was wird dann? Ein neuer Pass ist doch keine neue Lebensperspektive! Meine Eltern in Hohenstein fand ich vor etwa 14 Tagen nur noch tot und verstümmelt auf unserem Hof, ebenso meine Großmutter und unsere beiden Knechte. Von meinem Bruder, der an die Ostfront musste, weiß ich nichts und mein Großvater wurde auf der Flucht vor drei Tagen durch eine plötzlich auftauchende russische Einheit von mir getrennt.
Ich weiß nicht, ob die beiden überhaupt noch am Leben sind! Das Haus meiner Großeltern wird von diesem undurchsichtigen Oberst Boris Klimenkov besetzt und ich fühle mich vollkommen hilflos und weiß nicht, was ich tun soll! Abhauen oder bleiben!?«

Wilhelmine blickte mich voller Mitleid aus ihren großen gütigen Augen an. »Hab ich's dir nich jesagt Gerda, dass Marjellchen wird sich völlich verlassn vorkommen. Hab ich's nich jesagt, Gerda!? Men Jott, men Jott, was sind das doch für Zeitn!«
Gerda Buzinski tupfte mir mit einem Taschentuch das Wasser aus den Augenwinkeln und hielt mich mit ausgestreckten Armen vor sich hin.
»Das Lebn is reichlich bescheidn, Kindchen«, sagte sie ernst. »Schon immer jewesn! Nich nur jetzt im Kriech. Aber unterkrichn lassn wa uns nich so schnell. Hörste? Du bist noch so jung, men Mädchen, das Lebn liecht noch viele Jahrzehnte vor dir. Und es werdn sich irgendwann auch wieder janz andere Tache zeign! Bessere! Die Russen hier sin noch reichlich human gechen das, was man anderswo so hören tut.
Trotzdem Kindchen, Mühlen, Hohenstein, Königsberg, Ostpreußen, wird es nie mehr so jebn, so wie wir es kennen. Das is für immer vorbei. Die Menschen, die hier noch vor zwei, drei oder vier Wochn jelebt habn, sind fast alle fort. Tot, vertrieben, verschleppt, jeflohen. Es is endgültich. Polen wird Ostpreußen kriechn, da bin ich ma absolut sicher! Und wenn du hier in da Heimat lebn und beerdicht werdn willst, Kindchen, dann wirst de wohl oder ibl Polin werdn missn. So oder so. Wir können dir nur einen Rat aus unserer Sicht jebn, Kindchen. Der kostet uns fast nuscht. Aber er kommt von Herzen. Bleib hier in da Jechend, Ernachen, hier in deiner Heimat! Denn wer allene is wie du und wie wir, braucht wenichstens die vertraute Umjebung, um neu anfangen zu können. Und wir zwei beide, die Wilhelmine und ich, wa werdn da immer sachen wo´s langgeht, Mar-

jellchen, zumindest so lange wie wa es selber noch wissn tun.«
Ich konnte nicht mehr anders, ich heulte Rotz und Wasser. Wilhelmine nahm mich gleich mitfühlend in den Arm und heulte solidarisch mit mir mit.
Gerda steckte ihren grauen Kopf zwischen uns und fing leise zu singen an:

»Land der dunklen Wälder
und kristallnen Seen,
über weite Felder
lichte Wunder gehn.

Starke Bauern schreiten
hinter Pferd und Pflug,
über Ackerbreiten
streift der Vogelzug.«

Schon nach der vierten Zeile sangen und heulten wir zu dritt das Ostpreußenlied von Erich Hannighofer. Zu dritt begannen wir damit, uns endlich den ganzen Schmerz von den gequälten Seelen zu schluchzen. Es wurde ein sehr merkwürdiges Ostpreußenlied Ende März 1945, das in der Scheune des ehemaligen Großbauern Garbrecht erklang.
Zwei alte Weiber und ein 15-jähriges Gör zerflossen in den letzten Wochen des Krieges in Sentimentalitäten und Heimatschmerz. Aber es tat uns allen dreien unheimlich gut, einmal die angestauten Gefühle, die unterdrückten Schreie der Gegenwart und der jüngsten Vergangenheit einfach ungehemmt aus uns heraus zu lassen. Es ebnete sich einen notwendigen Weg, es kam endlich raus, was schon so lange raus musste.

An diesem Tag blieb ich bis in die Nacht bei Gerda Buzinski und Wilhelmine Stumpf. Ich entschloss mich dazu, ihren Rat zu befolgen und vorerst hier zu bleiben. Oder später vielleicht nach Hohenstein zu gehen. Als eine Fremde in immerhin vertrauter Umgebung.

Abwarten, hieß die momentane Devise. Abwarten, was das Leben für den Rest der Ostpreußen in »ihrem« Land noch zu bieten hatte.

Als ich noch etwas benebelt vom reichlich genossenen Bärenfang und den aufgewühlten Gefühlen gegen sechs oder sieben Uhr morgens zum Haus meiner Großeltern zurückschlich, begegnete ich unterwegs Dimitrij Wassiliew, der wie gewöhnlich plaudernd und feixend vor dem Haus stand. »Mäddchen schauen heute nicht besonderes frisch aus für Fotografie um zähn Uhr bei Michail! Wodka nix gutt für kleine Mäddchen, Wodka nur gutt für Sääle von arme Soldat!«

Er grinste mich verständnisvoll an und ging dann gemächlich in Richtung Schule weiter. Mein Weg führte mich schnurstracks ins Schlafzimmer meiner Großeltern. Die Haustüre war glücklicherweise nicht verschlossen und so gelangte ich ungesehen und ungestört an mein Ziel.

Dass ich einen wichtigen Fototermin hatte, daran musste mich allerdings erst ein lautes, energisches Klopfen an der Türe erinnern. Dimitrij holte mich ab.

Ich erhielt von einem merkwürdig zugänglichen Michail Dermochin einen neuen Ausweis mit einem aktuellen Foto, das der kleine, mongolisch aussehende Sergej Masukjewitch von der Insel Sachalin von mir machte. Es war wahrlich nicht das attraktivste Foto

für mich aber mit Sicherheit eines der bedeutendsten, die je in meinem Leben von mir gemacht wurden. Wassiliew klärte mich vor der Passübergabe noch umständlich darüber auf, dass ich von jetzt an Erna Kempinski heißen würde und polnische Staatsbürgerin wäre. Die Nichte von Jerzy Kempinski! Ich fiel aus allen Wolken, was hatte das wieder zu bedeuten? Erna Kempinski, wieso, warum und überhaupt?
»Oberst ist Meinung, so das Beste für Mäddchen und für uns alle«, meinte Dimitrij viel sagend, »Jerzy Kempinski, polnische Reiteroffizier, dich heiraten wenn 16 oder 17 Jahre.«
Ich war fassungslos. »Nein! Ich bin Erna Sempf«, protestierte ich und schrie die statisch grinsenden Männer um mich an. »Erna Sempf, 15 Jahre alt und gebürtige Ostpreußin, mit Leib und Seele! Und heiraten will ich niemanden! Auch nicht diesen Kempinski!«
Sie lachten mich aus. Wassiliew nahm mich kurz beiseite und raunte mir fast drohend zu: »Du lieber nach Sibirien oder Ural in Arbeitslager? Oder in Konzentrationslager von polnische Sicherheitsdienst, wo ausreichen Verbrechen, dass deutsch? Wir hier alle deine Leben retten wollen. Egal wie machen, Mäddchen! Du nix verstähn? Wenn Jerzy nach Heirat nix mehr wollen, dann du dich scheiden. Aber du polnisch! Und polnisch bedeuten in deine stolze Ostpreußen an Läbn bleiben!«
Ich wurde fast ohnmächtig.
Jetzt musste ich mich also sofort entscheiden, in welcher Richtung es weitergehen sollte. Ich kannte diesen Jerzy Kempinski doch überhaupt nicht! Er war mir zwar von Anfang an nicht unsympathisch gewesen, aber das reichte doch wohl kaum aus, um ihn in

ein oder zwei Jahren zu heiraten. Ich hatte mit meinen 15 Jahren außerdem nicht die geringsten Erfahrungen mit Männern. Und nun war ich solch einem unbekannten Wesen für die Zukunft versprochen auf Gedeih und Verderb, wie im Mittelalter oder bei den Moslems!

Aber es half alles nichts. Oberst Boris Klimenkov, den ich inständig um Bedenkzeit oder einen anderen Ausweg anflehte, kannte kein Pardon. Und so entschloss ich mich in meiner Not für das Leben und nahm vorerst den »geliehenen« Namen Kempinski an. Aber was ich an diesem Tag noch nicht wissen konnte: Ich hatte diese erzwungene Entscheidung nie zu bereuen. Sie rettete mir wahrscheinlich sogar das Leben.

Jerzy, der polnische Reiteroffizier aus Torun, bemühte sich fortan intensiv um mich. Aber er sprach fast keinen Ton deutsch und ich nur wenig polnisch und so begann unser Kennenlernen mit wirklich sehr hohen Hürden. Dazu kam, dass ich mich wochenlang innerlich mit jeder Faser dagegen sperrte, mich diesem fremden, aufgezwungenen Mann zu öffnen. Aber der gut aussehende Pole mit den langen, schwarzen Haaren und den funkelnden braunen Augen unter den buschigen Augenbrauen brachte eine schier unglaubliche und dabei auch noch freundliche Geduld mit mir auf.

Nach und nach brachten wir uns gegenseitig polnische und deutsche Begriffe und Worte bei. Langsam taute ich durch die sinnvolle Beschäftigung und den ständigen Kontakt mit Jerzy und den meist zuvorkommenden Russen im Dorf auf. Nur vor einem ungeschlacht wirkenden, großen Soldaten entwickelte ich so etwas wie Vorsicht, ja vielleicht sogar Angst.

Er trieb sich oft scheinbar ziellos außerhalb des Lagers am See herum. Er wirkte finster und verschlossen und ich traf ihn oft mit Jerzy oder auch alleine, wenn ich im Wald oder der Seewalder-Heide Vokabeln büffeln wollte. Ich hatte den kindischen Ehrgeiz entwickelt, schneller Polnisch zu verstehen als Jerzy Deutsch.

Der etwa 40-jährige, wuchtige Mann mit dem fast kahlen, kantigen Schädel schien überall dort aufzutauchen, wo ich gerade war. Jerzy lachte mich nur aus, als ich ihm von meinen Bedenken erzählte. Vielleicht lachte er aber auch nur über mein etwas holpriges Polnisch.

Als am 8. Mai 1945 die bedingungslose Kapitulation der deutschen Wehrmacht in Mühlen bekannt wurde, jubelten die russischen und polnischen Besatzer und es wurde ein großes Fest organisiert.

Den paar Ostpreußen im Dorf und auch mir war dagegen gar nicht zum Feiern zu Mute. Zwar war auch ich froh, dass der unselige Krieg endlich vorbei war, aber die Sorgen um das Schicksal meines Bruders und meines Großvaters wurden damit nicht geringer. Woche um Woche verging, ohne dass es eine Nachricht von ihnen gab.

Erst Mitte August 1945 erfuhr ich von unserem scheidenden Oberst Boris Klimenkov, dass Roland in der Nähe von Königsberg gefallen war, als der Krieg offiziell eigentlich schon zu Ende war. Über meinen Großvater konnte oder wollte er mir nichts sagen. Auch nichts über andere Verwandte oder Bekannte. Gerda Buzinski und Wilhelmine Stumpf unterstützten mich in dieser von Hektik und Umbruch geprägten Zeit nach Kräften. Dabei hatten die zwei gütigen alten Damen selber genug Probleme am Hals.

Die russische Kompanie, die unser Dorf besetzt hielt, begann irgendwann im November 1945 damit, wieder abzuziehen. In gleichem Maße bezogen vor allem polnische Zivilisten das Dorf, obwohl die Russen nach wie vor das Sagen hatten. Überall regte und tat sich etwas.

Michail Dermochin, unser nach außen hin so spröder, aber herzensguter »Bürgermeister«, Dimitrij Wassiliew, die Deutsch sprechende russische Sääle, Oberst Boris Klimenkov, der Brahms liebende hohe Offizier, der den Krieg hasste und das außer Wassiliew niemandem sagen durfte, der kleine, wuselige und immer kichernde Fotograf Sergej Masukjevitch von der Insel Sachalin und natürlich Jerzy Kempinski, mein geduldiger polnischer Parade-Reiteroffizier und zukünftiger Mann, der mir mit seinem Namen bereits jetzt ein Weiterleben ermöglichte, sie alle taten sich Ende Oktober 1945 zusammen, um mir ein ganz persönliches Abschiedsfest zu geben, das mir bis heute in lebhafter Erinnerung geblieben ist. Die große Tafel in der Guten Stube meiner Großeltern bog sich in dieser Zeit der Not und des Elends fast schamhaft vor erlesenen Köstlichkeiten.

Krimwein, Wodka, Bärenfang und »geheimste Bestände« des berühmten, doppelt gebrannten Mühlener Korns sorgten für eine heitere, ausgelassene Stimmung.

Russische Volkslieder, voller Inbrunst und heimatkrank gesungen und das gefühlvollste »Ännchen von Tharau«, das ich jemals gehört habe, in russisch-polnisch-deutscher Fassung, waren ein nicht erwarteter, unglaublicher Höhepunkt dieses Festes.

Das Schönste aber war, dass meine zwei alten »Mäddchen« Gerda und Wilhelmine ebenfalls einge-

laden waren und es zu keiner maßlosen Sauferei kam.
Dieser ungewöhnliche Tag blieb mir aber auch deswegen in Erinnerung, weil sich meine in Wochen angestaute Angst vor dem seltsamen, großen und kantigen russischen Soldaten, der überall dort auftauchte, wo ich war, in den liebenswertesten Tatsachen auflöste, die man sich vorstellen kann.
Erstens war der »russische« Soldat ein Tscheche aus Prag und zweitens folgte er mir nur deswegen auf Schritt und Tritt, weil er mich »heimlich« malen wollte. Er war von meiner zerbrechlichen Erscheinung künstlerisch fasziniert.
Jerzy lachte sich halb tot, als mir der Tscheche schüchtern und verlegen lächelnd drei seiner Meisterwerke in Öl an diesem denkwürdigen Abend schenkte.
Ich habe noch heute zwei davon im Zimmer meiner »Senioren-Residenz« an den Wänden hängen. Sie sind absolut wundervoll, viel schöner, als ich mich damals je empfand!
Natürlich feierte Karel Opiniek, der tschechische Meister der Spachtel-, Farb- und Ölkunst, mit uns bis zum Morgen des nächsten Tages mit. Und es zeigte sich, dass der ungelenk und so unnahbar erscheinende Mann in Wahrheit ein sehr sensibler, intelligenter Mann war.
Fünf Tage später zogen fast alle Russen ab. Es war, so unverständlich es heute klingt, wie ein wehmütiger Abschied von guten alten Freunden. Allerdings darf ich trotz allem nicht vergessen, dass es außerhalb meines bevorzugten und gut behüteten Umkreises durchaus auch hässliche und gemeine Übergriffe auf die dagebliebene ostpreußische Bevölkerung gab.

Die polnischen Kommunisten, zumindest die behördlichen und militärischen, gaben sich als Siegermacht, und das musste, wie wohl überall nach dem Krieg, mit Ungerechtigkeiten, Erniedrigungen und ungerechtfertigtem Hass einhergehen.
Selbstverständlich wurden alle deutschen Besitztümer konfisziert und an polnische Familien und Bauern übereignet. Auch die Äcker, Wiesen, Waldgebiete und das Haus meiner Großeltern sollten von einer polnischen Bauernfamilie aus Lodz übernommen werden.
Aber die vorausschauend angefertigten Papiere des Oberst und Jerzy sorgten schnell, wenn auch nicht reibungslos dafür, dass der Besitz meiner Großeltern allein von Jerzy und mir genutzt werden konnte.
Wilhelmine und Gerda wurden gegen Ende des Jahres in ein seelenloses Altenheim nach Allenstein (Olsztyn) abgeschoben. Wir konnten es trotz Jerzys Fürsprache und der Versicherung, dass wir die beiden bei uns aufnehmen wollten, nicht verhindern. Den tränenreichen Abschied von den zwei guten, treuen Seelen werde ich ebenfalls nie vergessen, solange ich lebe.
Es war der traurigste Abschied, neben dem späteren Abschied aus Ostpreußen, den ich je wegstecken musste. Wieder war es Gerda, die auf dem Höhepunkt der Verzweiflung, kurz bevor der zerschossene Bus mit ihnen nach Allenstein abfuhr, wie zum Schutz und zur moralischen Stärkung das Ostpreußenlied anstimmte. Und wieder sangen wir zu dritt die traurige Melodie und heulten, wie nicht anders zu erwarten, wie die Schlosshunde los.
Als der Bus mit den beiden alten Frauen und einigen anderen Dorfbewohnern, die ich kannte, aus mei-

nem Blickfeld entschwand, tat sich wochenlang eine unbeschreibliche Leere in mir auf, die selbst Jerzy nicht ausfüllen konnte, so sehr er sich auch bemühte. Erst einige Jahre später erfuhr ich von einem Verwandten von Jerzy, der in Allenstein lebte, dass sich die zwei unvergessenen Frauen kurz vor Wilhelmines 80. Geburtstag mit Schlaftabletten das Leben genommen hatten.

Ich mache mir bis heute Vorwürfe, dass ich zu wenig dafür tat, sie aus ihrer Isolation herauszuholen und sie wenigstens zum Sterben hierher in ihr Heimatdorf zu bringen.

Doch es ist, wie so vieles, was endgültig in dieser Zeit verschwand, unwiederbringlich vorbei.

Langsam wurden die Reste des Krieges, Trümmer und Schutt weggeräumt, das Dorf Stück für Stück wieder aufgebaut. Teilweise zumindest. Die neuen Bewohner richteten sich ein. Es waren zu 95 Prozent Polen.

Im Februar 1946 erfuhr ich schließlich von einer alten Frau aus Thymau, die zu Besuch in Mühlen war, was mit meinem Großvater passierte. Sie war mit dabei gewesen, als sich unser zurückgebliebener Flüchtlingstreck im März 1945 dazu entschlossen hatte, umzukehren. Knapp 100 Meter neben meinem Großvater erlebte sie in ihrem Versteck mit, wie er vor Erschöpfung und Unterkühlung geschwächt mitten in einem großflächigen Schneefeld stecken blieb und schließlich starb. Das letzte Mitglied unserer großen ostpreußischen Familie war also ebenfalls nicht mehr am Leben. Der Krieg hatte sie alle ausgelöscht, nur ich war übrig geblieben.

Jerzy Kempinski und ich entwickelten in unserem gegenseitigen Studium der anderen Sprache allmählich Vertrauen zueinander. Als ich im Sommer 1946 16 Jahre alt wurde, konnte ich mich schon fast fehlerfrei mit Jerzy in seiner Muttersprache unterhalten. Auch er hatte große Fortschritte in Deutsch gemacht. Mit der Verbesserung der gegenseitigen Verständigung stiegen auch Verständnis und Akzeptanz füreinander. Auch was die Situation im Dorf und in ganz Ostpreußen zwischen den Völkern betraf.

Trotzdem war es für mich mehr als schmerzhaft, miterleben zu müssen, dass vom früheren Leben in dieser vertrauten Welt so gut wie nichts mehr übrig blieb.

Anfang 1947 gab es nur noch acht Deutsche mit mir in Mühlen. Ein junges Mädchen von jetzt sieben Jahren, vier alte Männer, deutlich über 70 und zwei fast 60 Jahre alte Frauen waren noch in ihrem Dorf verblieben.

Das Leben mit den Polen war in den ersten Jahren nach dem Krieg sehr problematisch. Dazu kam, dass die Behörden die Reste der deutschen Bevölkerung in Ostpreußen schikanierte, wo sie nur konnten. Als mich Jerzy zwei Monate nach meinem 17. Geburtstag fragte, ob ich seine Frau werden möchte, gab es für mich keine Zweifel mehr.

Am 19. September 1947 wurden wir in der wieder hergerichteten, jetzt katholischen Kirche in Mühlen getraut. Jerzy und sein uns sehr gewogener Vorgesetzter und Freund hatte in wenigen Wochen alle noch zu überwindenden Hindernisse wegen meiner Herkunft, Religion und weil ich noch nicht volljährig war, für uns aus dem Weg geräumt.

Ich musste diesen Schritt nie bereuen. Jerzy blieb auch als mein angetrauter Mann so, wie ich ihn kennen und lieben gelernt hatte. Still und zurückhaltend, aber von einer unglaublichen Herzlichkeit und Ruhe, die ich nach dieser nervenaufreibenden Vergangenheit einfach brauchte und genoss.

Zwei Jahre nach unserer nur im engsten Kreis gefeierten Hochzeit kam am 26. Oktober 1949 unsere Tochter Krystina zur Welt, eineinhalb Jahre später, am 15. März 1951, Janusz.

Wir führten ein harmonisches, glückliches Leben im Haus meiner Großeltern, das wir Stück für Stück erneuerten und ausbauten. Nur einen auch noch so kleinen Wohlstand konnten wir uns in Mühlen nie erarbeiten.

Erst im Herbst 1950, also fünfeinhalb Jahre nach dem Krieg, wagte ich mich mit Jerzy und unserer kleinen Tochter erstmals wieder nach Hause, nach Hohenstein. Unser Hof sah fast noch so aus, wie ich ihn betäubt von den schmerzlichen Gefühlen des Unglücks und einem gewaltigen Schock im März 1945 verlassen hatte.

Nur das große Tor zur Straße hin existierte nicht mehr. Die gemauerten Türpfosten mit ihren nackten, verrosteten, massiven Türangeln verrieten, dass hier einmal ein großes, schweres Tor den Eingang zum Hof sicherte. Inzwischen hatten die renovierten, wuchtigen Außenmauern der Hauptgebäude einen freundlich wirkenden, hellgelben Anstrich erhalten und auch die Tenne neben dem Pferdestall trug ein hochgiebeliges, neues Schindeldach.

Eine sympathische polnische Familie mit fünf Kindern und dem Namen Latal wohnte jetzt hier. Sie luden uns sogar dazu ein, den Hof und die Stallungen zu besichtigen. Aber ich lehnte diese freundliche Einladung dankend ab. Die vergangenen fünf Jahre hatten einfach noch nicht ausgereicht, so viel Abstand zu gewinnen, um solch ein intensives Eintauchen in die schreckliche Vergangenheit schadlos überstehen zu können.

Wir verabschiedeten uns von der Familie Latal und schlenderten weiter durch »unsere« Straße in Hohenstein, in der sich viel verändert hatte. Ganze Gebäudezeilen waren verschwunden. Die kleinen Geschäfte und Werkstätten der Handwerker, die vertrauten Gaststätten mit ihren baumbestandenen Gärten, in denen ich so oft für Papa ein paar Flaschen Bier am Wochenende holte und der kleine verwunschene Park am Ende der Straße mit seinem Ententeich, wo war das alles geblieben?

Neue, hässliche, aber dafür zweckmäßige Neubauten füllten teilweise die Lücken des Krieges, in die sie weder optisch noch kulturell passten.

Manche historisch bedeutende Gebäude der Innenstadt, die den Krieg zufällig unversehrt überstanden hatten, wurden erst nachträglich abgerissen. Sie waren der neuen Regierung in Polen zu deutsch, erklärte mir Jerzy verlegen.

Ich begreife bis heute nicht, warum man so etwas tun musste. Heute bauen die Polen mit liebevoller Detailtreue teilweise jene alten, zerstörten Gebäude wieder auf! Wie kann ein normal denkender Mensch einen solchen Irrsinn verstehen?

Die Freude war unbeschreiblich, als ich zusammen mit Jerzy noch fünf alte Bekannte aus unserem Viertel ausfindig machen konnte. Dabei war es von unschätzbarem Vorteil, dass wir uns überall, wo wir nachfragten, in der polnischen Sprache verständigen konnten. Vier der fünf Wiedergefundenen waren in meinem Alter, zwei sogar aus meiner ehemaligen Volksschulklasse!

Das Treffen, dass wir noch am gleichen Nachmittag in der großzügigen Wohnung von Hermine Scyszek, meiner früheren Freundin Balde feierten, (auch sie hatte einen Polen geheiratet), war gekennzeichnet von überschäumender Freude, aber zugleich auch Wehmut über die toten Freunde und Bekannte und das verlorene Ostpreußen, so, wie es einmal war.
Jerzy und Hermines Mann Matiszek saßen nur verständnisvoll grinsend in einer Ecke, als wir »Restdeutsche« vergangene Tage wie alte Ostpreußen wieder auferstehen ließen. Adressen wurden ausgetauscht, bisweilen sogar Telefonnummern von der Arbeit oder dem jetzigen Zuhause.
Ich war stolz auf diesen Tag und auf mich! Ich hatte mich nach fünf Jahren endlich der albtraumhaften Vergangenheit gestellt! Einer Vergangenheit, die mich jahrelang krank gemacht hatte, die oft wie ein großer, kalter Schatten auf mir gelegen hatte. Bisher hatte ich immer jede Erinnerung an die schrecklichen Momente im März 1945, als ich auf den Hof meiner Eltern zurückkam, verdrängt. Verdrängt, verdrängt und immer wieder nur verdrängt. Aber als wir am Abend nach Mühlen zurückkamen, löste sich alles in einem Strom von Tränen auf, der unvermittelt aus mir herausbrach. Jerzy nahm mich nur still in den Arm und ließ den »Naturgewalten« ihren freien Lauf.
Als die Kinder fünf und sieben Jahre alt waren, nahm ich in Osterode (Ostroda) eine Stelle als Verkäuferin in einem Eisenwarenladen an. Jerzy hatte bereits 1953 seinen Abschied vom Militär genommen und arbeitete als Mechaniker in einer kleinen Werkstatt in Stare Jablonki.
Jerzys Mutter Katja, die 1952 zu uns zog, versorgte inzwischen die Kinder und den Haushalt. Jerzys Va-

ter Orek starb schon kurz nach Kriegsbeginn in Danzig, ebenso seine zwei älteren Brüder Kasperzak und Dunai. Seine Großeltern waren schon vor über 20 Jahren von den Russen in den ehemaligen polnischen Ostgebieten, die jetzt russisch waren, umgebracht worden.
Die Zeiten waren für uns alle mehr als bescheiden. Das Einkommen von Jerzy und mir reichte vorne und hinten nicht aus, um unsere fünfköpfige Familie einigermaßen anständig über Wasser halten zu können. Da war auch die kleine Rente, die Katja von der neuen Volksrepublik Polen bekam, nur ein Tropfen auf den heißen Stein. Und so betrieben wir, wie schon zu alten Ostpreußenzeiten, zusätzlich eine kleine Landwirtschaft, die uns zumindest das Allernötigste an Grundnahrungsmitteln lieferte.
Unser Leben verlief ruhig und bescheiden. Wir waren zufrieden, trotz der harten Arbeit, die alle Familienmitglieder leisten mussten, um gut über die Runden zu kommen. Die nach dem Krieg bunt zusammengewürfelte Dorfgemeinschaft wuchs langsam wieder zusammen. Die »Restdeutschen« und die polnische Mehrheit arrangierten sich. Außerdem starben in den vergangenen Jahren die alten, noch zurückgebliebenen Ostpreußen fast alle weg. Nur die inzwischen 18-jährige Ulrike Breitschuh, die 65-jährige Emma Opalka und ich waren von der ostpreußischen »Urbevölkerung« im Jahr 1961 noch vorhanden.
Der 86-jährige Kleinbauer Günther Baumeister lebte nur noch physisch. Geistig war er bereits ein Jahr zuvor von dieser Welt gegangen.
Bei einem Spaziergang durch das »Höllental« im letzten Frühjahr war er auf einen verborgenen Blind-

gänger getreten, der unter einem Schneerestchen und einer dünnen Grasnarbe sein gefährliches Schläfchen hielt, und verlor dabei als ein spätes Opfer des Zweiten Weltkriegs ein Bein.
Seitdem phantasierte der bedauernswerte Alte nur noch vor sich hin. Er lebte bei der polnischen Familie, die seinen kleinen Hof übernommen hatte. 1962 starb er schließlich, ohne das Bewusstsein wieder erlangt zu haben.
Unsere Kinder Jan und Krystina wuchsen heran und verließen 1963 beziehungsweise 1964 die Schule, um eine Lehre anzutreten. Krystina ging nach Olsztyn (Allenstein), um Bauzeichnerin zu werden, Jan auf eine Kolchose in der Nähe von Nidzica (Neidenburg), um eine Ausbildung zum industriellen Landwirt zu machen. Als die Kinder mit ihrer Ausbildung fertig waren und selbst ein wenig Geld verdienen konnten, ging es uns wesentlich besser.
1973 starb Jerzys Mutter Katja. Sie saß in der Guten Stube an einem glutheißen Sonntag im Sommer vor dem offenen Fenster in Großvaters altem Schaukelstuhl und las in Dostojewskis »Die Erniedrigten und Beleidigten«. Als ich sie zum Kaffee in den Garten holen wollte, war sie sanft entschlummert. Das Buch lag noch aufgeschlagen auf ihrem Schoß.
So wünsche ich mir bis heute auch meinen Tod. Friedlich und völlig losgelöst von Gegenwart und Vergangenheit.
Im Juni 1978 heiratete Krystina einen sympathischen jungen Werftarbeiter aus Gdingen namens Boleslaw Chrzyslawsky und 1980 nahm Jan eine unglaubliche, sehr junge polnische Schönheit zur Frau. Sie hieß Irena Gomulka und das halbe Dorf nahm an der Trauung teil.

Ich bin heute noch davon überzeugt, dass mindestens 90 Prozent der männlichen Bevölkerung von Mielno Jan um diese Schönheit brennend beneideten. Aber das Glück meiner beiden Küken währte nicht lange. Krystina ließ sich leider schon 1985 von ihrem Boleslaw, der oft nur im Alkohol Trost suchte, scheiden. Kinder mussten unter der Trennung glücklicherweise keine leiden.

In nüchternem Zustand war Boleslaw ein ungemein liebenswerter und heiterer Mann, der ganze Gesellschaften mit seinem trockenen Witz begeistern konnte. Aber die Sauftouren mit seinen Kumpanen, die wie er alle unter der verheerenden Massenarbeitslosigkeit der Werftarbeiter in Danzig und Gdingen litten, wurden immer häufiger. Irgendwann waren die Geduld und das Verständnis Krystinas aufgebraucht.

Jan erlebte, wie eigentlich nicht anders zu erwarten, eine ausgesprochen turbulente Ehe. Schon knapp ein Jahr nach der Hochzeit kam seine Tochter Elisabetha zur Welt. Ich konnte mir keinen stolzeren und glücklicheren Vater vorstellen, als Jan es damals war. Doch nach zwei, drei Jahren fing auch seine Ehe mit Irena zu kriseln an.

Es war vor allem ihre Auslegung von Liebe und Treue, die immer häufiger zu Eifersuchtsdramen im Dorf und der Umgebung führten. Oft kam Jan völlig zerschunden und zerschlagen von irgendwelchen Festen oder Feiern nach Hause. Irena war einfach zu schön, zu jung und zu gewissenlos, um auf Dauer nur einem Mann treu sein zu können.

Als sie 1985 einem strammen Jungen das Leben schenkte, der nicht von Jan stammte, ließ der sich ein Jahr später gekränkt und auf das Tiefste gedemütigt

scheiden. Ich konnte ihn gut verstehen. Aber andererseits war mir als Frau, nicht als Mutter, von vornherein klar, dass Jan eine solche Frau nie und nimmer ewig an sich binden konnte. Dazu war er einfach zu brav, zu naiv und vielleicht auch noch nicht erfahren genug. Aber hätte es etwas genützt, ihm solche Bedenken vor der Hochzeit zu sagen? Seine Fehler muss man selber begehen, sonst glaubt man ewig, es wären nur vertane Chancen gewesen. Die Kinder nahm Irena mit nach Elblag, wo sie später den Vater ihres Sohnes, einen gut situierten Schiffsbauingenieur heiratete.
Auch für mich hielt das Schicksal noch etwas Besonderes in der Hinterhand: Drei Jahre nach Jans Scheidung, am 3. November 1989, wurde ich Witwe. Jerzy kam bei einem Verkehrsunfall auf dem Weg von der Arbeit nach Hause kurz vor Stebark ums Leben. Ein überholender Wagen hatte ihn auf seinem Motorrad übersehen. Ich habe mich bis heute nicht von diesem Schicksalsschlag erholt.
Als es 1990 durch die politische Lage in Mitteleuropa möglich wurde, das Land zu verlassen, taten wir es. Hauptsächlich aus wirtschaftlichen und beruflichen Erwägungen heraus.
Jan und Krystina wollten sich in Westdeutschland weiterbilden, sie dachten daran, Karriere zu machen und ein neues Leben zu beginnen. Ich war dagegen, in ein Land zu ziehen, das wir nicht kannten und in dem, wie wir hörten, auch eine beträchtliche Arbeitslosigkeit und sogar Fremdenhass herrschten.
Aber als unsere Diskussionen keinen gemeinsamen Nenner mehr finden konnten und ich endgültig vor der Wahl stand, alleine zurückbleiben zu müssen, gab ich nach.

Aber mir fiel dieser schnelle, für mich übereilte Abschied aus der alten Heimat sehr schwer. Gut, wir hatten einige Probleme, in Mielno endlich auf einen grünen Zweig zu kommen. Doch es war uns inzwischen möglich, relativ zufrieden und gut dort zu leben. Reichtümer konnten wir natürlich keine horten. Wir lebten aber nicht mehr am Rande des Existenzminimums. Und wir waren wenigstens zu Hause!

Aber die Kinder konnten mit diesem Begriff nichts anfangen. Für mich war Heimat immer bedeutend mehr als nur ein Wort. Und je älter ich wurde, desto wichtiger erschien es mir, hier in Ostpreußen zu bleiben.

Jan sah vor allem die berufliche Situation hier und ein unmögliches Weiterkommen als modern denkender Agrargeologe. Hier werde er nur von den alten Kolchoseideen der landwirtschaftlichen Bürokraten aus Warschau gebremst, meinte er zynisch.

Er hatte in seinem Leben nie auf etwas wie »Heimat« verzichten müssen und konnte sich nie wirklich vorstellen, wie es war, wenn man um etwas trauerte, was nicht mehr war. Außer um seinen Vater. Und bei Krystina war es nicht wesentlich anders. Sie sagte zwar, dass sie es verstehen könne, wie problematisch es wäre, einen »alten Baum« wie mich umzupflanzen, aber auch sie war wie Jan der Meinung, dass ein wirklich zufriedenes und glückliches Leben nur mit beruflichem Erfolg und finanziellem Wohlstand einhergehen könne. Und diese Ziele glaubten sie nur im »goldenen Westen« realisieren zu können.

Und so entschlossen wir uns im Juli 1991 endgültig dazu, Polen, mein geliebtes Ostpreußen, für immer zu verlassen und nach Augsburg zu ziehen.

Das Haus meiner Großeltern verkauften wir an eine polnische Familie in Mühlen. Warum ausgerechnet Augsburg? Weil sich dort ein entfernter Verwandter unserer Familie nach der Flucht 1945 niedergelassen hatte und seit 1984 mit uns in brieflichem Kontakt stand. Warum erst so spät und warum überhaupt, war mir nie ganz klar.
Er forderte uns vor einigen Monaten in einem merkwürdigen Schreiben mehr oder weniger direkt auf, doch ebenfalls in den Westen umzusiedeln, um da unser Glück zu machen. Er könne uns in mancherlei Hinsicht bei einem neuen Start behilflich sein.
Auf jeden Fall nahm Jan diesen Strohhalm als Argument auf, um in Deutschland einen glorreichen Neuanfang zu wagen.
Hans-Jürgen Saumweber, unser entfernter Verwandter, versprach uns gute Chancen für diesen Neuanfang, als wir ihm von unserem Entschluss schrieben. Er kannte angeblich diesen und jenen, der in Wirtschaft, Kommunalpolitik und Industrie Einfluss hätte und der uns diese und jene Positionen ermöglichen könnte, falls wir uns zu einer Übersiedlung nach Bayern entscheiden sollten. Ich glaubte diesem Windhund kein Wort. Dennoch entschieden wir uns für Augsburg. Zumindest Jan. Und der war inzwischen zweifelsfrei unser anerkanntes Familienoberhaupt, seitdem ich Probleme mit dem Hören und Sehen bekommen hatte.
Am 14. Juli 1991 zogen wir nach Friedberg, in die Nähe von Augsburg, wo uns dieser unsympathische Hans-Jürgen Saumweber übergangsweise eine größere, »preiswerte« Wohnung verschafft hatte. Die Miete ging selbstverständlich an ihn. Ich war todtraurig über diese Entwicklung, meine beiden Gören

hellauf begeistert. Sie meinten, ich müsse den ganzen verstaubten Krempel der Vergangenheit endlich über Bord schmeißen.
Aber wie ich das machen sollte, haben sie vergessen mir zu sagen. Es war zu diesem Zeitpunkt einfach zu viel, was ich verkraften sollte und musste.
Ohne Jerzy hatte sich mein vorheriges, sowieso nie besonders ausgeprägtes Selbstbewusstsein fast völlig verabschiedet und ein beginnender grüner Star war ebenfalls ungeeignet, das Leben und die Zukunft noch rosarot zu sehen.
Heute, acht Jahre nach unserer Ankunft im Westen, haben es meine zwei Küken tatsächlich geschafft. Krystina ist in einem kleinen Architekturbüro in Augsburg Abteilungsleiterin geworden und Janusz hat nach verschiedenen landwirtschaftlichen Fortbildungsmaßnahmen in einer Agrar-Genossenschaft bei München einen guten Posten erhalten.
Meine »Karriere« im Westen war nicht ganz so rasant. Ich bereite mich inzwischen halb blind und fast taub, mit einem etwas schwachen Herzen in meiner prunkvollen »Senioren-Residenz« auf ein möglicherweise friedvolles Sterben vor. Wenn ich 73 Jahre alt werde, dann will ich dem Herrgott dafür danken. Leider bin ich zu schwach und zu abhängig geworden, um in meiner alten Heimat den Rest meines Daseins zu beenden.
Daran gedacht habe ich, besonders in den letzten Monaten, sehr oft. Doch auf dem Weg zurück nach Hause würde mich heute sowieso keiner mehr begleiten. Jeder schaut nur noch nach vorne. Auch meine Kinder. Es ist nicht mehr zeitgemäß, zurückzuschauen, und noch weniger, zurückzugehen. Aber alleine ist es nicht mehr zu schaffen.

Und so werde ich wohl hier im Westen die letzten Jahre meines Lebens in meinem versorgungsgesicherten »goldenen Käfig« verbringen und oft an Zuhause denken und an mein merkwürdig »geliehenes Leben« nach dem Krieg in einem langsam in Vergessenheit versinkenden Ostpreußen.

Nachtrag

Wer heute mit seiner einstigen Heimat oder der seiner Vorfahren in Ostpreußen Kontakt aufnehmen möchte, sollte das rechtzeitig vor seiner Reise am besten mit einer der drei Landsmannschaften oder dem Rautenberg Verlag, der als ehemaliger Ostpreußenverlag auch heute noch als der Spezialist für Vergangenheit und Gegenwart Ostpreußens gilt, tun. Auch die litauisch-deutschen, polnisch-deutschen oder russisch-deutschen Kulturvereine verfügen über ein Informationsmaterial, das sich angenehm vom oberflächlichen Massentourismus-Service abhebt.

Wer der Geschichte seiner Vorfahren nachgehen will, wendet sich auch an die Behörden der betreffenden Bezirksstädte und an die örtlichen Pfarreien, die oft mit überraschenden Auskünften über frühere Friedhöfe, Beerdigungen und Vermählungen dienen können.

Für wichtige gegenwärtige Fragen stehen natürlich die Konsulate oder Botschaften aus Litauen, Polen und Russland zur Verfügung.

Auch verschiedene polnische, deutsche und litauische Reisebüros haben sich inzwischen professionell auf Ostpreußen-Urlauber spezialisiert.

Einige wichtige Adressen und Telefonnummern sind auf den nächsten Seiten dokumentiert. Über diese Stellen sind in der Regel die wertvollsten Informatio-

nen erhältlich, natürlich gestaffelt in unterschiedlicher Interessen- und Wissenslage.
Wer Informationen darüber haben möchte, welche Papiere er für die Ein- und eventuell Weiterreise nach Polen, Litauen oder Russland benötigt, kann sich als Erstes natürlich auch an die jeweilige Botschaft wenden.
Für die vornehmlich an der Vergangenheit Interessierten gibt es zusätzlich eine ganze Reihe von Ost- und Westpreußenmuseen, die fundamentierte und umfangreiche Dokumente in Wort und Bild bereithalten.
Vereinzelt existieren sogar noch in Deutschland weiterhin gedruckte und veröffentlichte Zeitungen aus verschiedenen ostpreußischen Regionen, wie zum Beispiel die »Osteroder Zeitung«, die älteste Tageszeitung (gegründet 1834) im ehemaligen Regierungsbezirk Allenstein! Sie wird zwei Mal im Jahr von der Kreisgemeinschaft an die Abonnenten zum Selbstkostenpreis von 6 DM pro Stück verteilt. Die Auflage beträgt immerhin fast 6.000 Stück!
Interne, besonders interessante Hinweise über preiswerte und schöne Privatzimmer oder gute Hotels erhält man sehr oft gerade über diese Heimatzeitungen, die den Kontakt zur »Scholle« bis heute aufrecht erhalten haben.

Und hier die wichtigsten Adressen für alle Ostpreußen-Interessierten:

Botschaften

Litauische Botschaft
Katharinenstraße 9
10711 Berlin, Telefon: 0 30/8 90 68 10

Polnische Botschaft
Richard-Strauss-Straße 11
14193 Berlin, Telefon: 0 30/22 31 30

Russische Botschaft
Unter den Linden 63-65
10117 Berlin, Telefon: 0 30/22 66 32-0
Visumstelle: 01 90/88 44 45
Konsulat: 0 30/2 29 12 07

Landsmannschaften

Landsmannschaft Ostpreußen e.V.
Parkallee 86, 20144 Hamburg
Telefon: 0 40/4 50 38 06-0 oder 41 40 08-0

Landsmannschaft der Ost- und Westpreußen
34253 Lohfelden, Telefon: 05 61/51 63 81

Landsmannschaft der Ost- und Westpreußen/
Landesgruppe Bayern e.V.
Ferdinand-Schulz-Allee/Am Tower 3
85764 Oberschleißheim, Telefon: 0 89/3 15 25 13

Ostpreußen-Museen

Ostpreußisches Landesmuseum
Ritterstraße 10, 21335 Lüneburg
Telefon: 0 41 31/7 59 95-0

Haus der Ost- und Westpreußen
Ferdinand-Schulz-Allee/Am Tower 3
(Flughafen Oberschleißheim)
85764 Oberschleißheim
Telefon: 0 89/3 15 25 13

Altes Schloss Schleißheim
»Es war ein Land« – Sammlung zur Landeskunde Ost- und Westpreußen als Zweigmuseum des Bayerischen Nationalmuseums 1991 errichtet
Samland-Museum
Fahltskamp 30, 25421 Pinneberg
Telefon: 0 41 01/2 20 37

Deutschordensmuseum
Schloss 16, 97980 Bad Mergentheim
Telefon: 0 79 31/5 22 12

Reisebüro-Spezialisten für Ostpreußen

Panek Touristik, Ommerbornstraße 9
51515 Kürten
Telefon: 0 22 07/91 14 52

Greif Reisen – A. Manthey GmbH
Universitätsstraße 2, 58455 Witten
Telefon: 0 23 02/2 40 44

Hein Reisen
Zwergerstraße 1
85579 Neubiberg
Telefon: 0 89/6 37 39 84

Reisedienst Astrid Sabine Loch
Erwin Rommel-Straße 6
71034 Böblingen
Telefon: 0 70 31/27 19 09

Rautenberg Verlag und Reisebüro
Blinke 8
26787 Leer
Telefon: 04 91/92 97 02 (Buchhandlung)
04 91/92 97 03 (Reisebüro)

Kulturvereine

Kulturzentrum Ostpreußen,
Deutschordensschloss
Schlossstraße 9
91792 Ellingen
Telefon: 09141/86 44-0

Kulturrat der Deutschen aus Russland e.V.
Raitelsbergstraße 49
70188 Stuttgart
Telefon: 07 11/1 66 59-0

Institut Nordostdeutsches Kulturwerk
Conventstraße 1
21335 Lüneburg
Telefon: 0 41 31/3 70 97

Heimatzeitungen

«Osteroder Zeitung«, Herausgeber:
Kreisgemeinschaft Osterode Ostpreußen e.V.
Bestellung und Versand: Ulrich Buchen
Moltkestraße 38, 59077 Hamm
Telefon: 0 23 81/40 12 76
Kreisvertreter: Prof. Dr. Edgar Steiner
Friedrich-Hegel-Straße 18
15230 Frankfurt/Oder
Telefon: 03 35/53 90 96

»Unser schönes Samland«
Herausgeber: Vors. Kreisgem. Fischhausen
Fahltskamp 30
25421 Pinneberg
Telefon: 0 41 01/2 20 37

»Das Ostpreußenblatt«
Parkallee 84-86
20144 Hamburg
Telefon: 0 40/41 40 08-42

»Sensburger Heimatbrief«
Herausgeber: Heimatkreisgemeinschaft Sensburg
Geschäftsstelle: Nordstr. 74
42853 Remscheid, Telefon: 0 21 91/16 37 18

Zentralstelle für Heimatortkartei, Kirchlicher Suchdienst

Lessingstraße 3, 80336 München
Telefon: 0 89/5 44 97-0

Geben Auskunft und Rat bei der Klärung von
- Personenstandsfragen
- Beschaffung von standesamtlichen und kirchlichen Urkunden
- Ermittlungen von früheren Arbeitgebern und Berufskollegen zu Versicherungszwecken

Quellenverzeichnis

Dr. R. Brückmann: Samland, Ein Führer für Wanderer, Reprint von 1926, Rautenberg Verlag

Georg Hermanowski: Ostpreußen, Wegweiser durch ein unvergessenes Land, Bechtermünz Verlag
Ostpreußen, Land des Bernsteins, Adam Kraft Verlag

Bernd G. Längin: Unvergessene Heimat Ostpreußen, Weltbild Verlag

Herbert Reinoß: Ostpreußen, Porträt einer Heimat, Langen Müller Verlag

Ernst Wichert: Heinrich von Plauen, Deutsche Buch-Gemeinschaft
Bertelsmann Lexikon: Bd. 5, Bertelsmann Lexikon-Verlag

Besonders herzlich bedanken möchte ich mich bei Frau Sigrid Oberthür vom »Haus der Ost- und Westpreußen« in Oberschleißheim für ihre geduldige und stets freundliche Unterstützung bei meinen Recherchearbeiten.

224 Seiten, ISBN 3-7844-2763-4

Isa Engelmann

Blauer Flieder

Versöhnung mit der alten Heimat

Eine Frau möchte die Spuren ihrer Vergangenheit wiederfinden. Doch Nordböhmen, die einstige Heimat ist ihr fremd – nur behutsam gelingt die schmerzliche Annäherung.

Langen Müller

188 Seiten, ISBN 3-7844-2743-X

Udo Ritgen

Groß-Falkenau

Jugend auf einem ostpreußischen Rittergut

Udo Ritgen läßt seine Jugend aufleben und erzählt liebevoll und mit erfrischendem Humor Anekdoten aus dem Gutsalltag seiner Familie vor dem Zweiten Weltkrieg. Eine Hommage auch an die zahlreichen Menschen, die das Leben auf dem Gut erst ermöglichten.

Langen Müller